Plutôt nourrir

L'appel d'une éleveuse

Noémie Calais
Clément Osé

Plutôt nourrir

L'appel d'une éleveuse

Photographies de Clément Osé

Tana
éditions
NOUVEAUX
RÉCITS

Aux paysannes et aux paysans qui nous nourrissent.

Noémie

On roule vers le sud, bétaillère attelée. Noémie m'a dit qu'elle aimait bien ces moments suspendus, au volant, quand d'une simple pression du pied sur la pédale elle fait défiler le Gers de l'autre côté de la vitre. Pessan, Castelnau-Barbarens, Simorre, Villefranche. Les ondulations collinaires dévoilent par endroits les sommets pyrénéens, au loin. Les ombres des platanes qui bordent encore certaines lignes droites zèbrent la route départementale et font clignoter l'habitacle de la fourgonnette. L'odeur de la ferme s'est incrustée à bord, avec la terre, la paille et l'herbe, jusque dans les fibres synthétiques du tissu des banquettes. Il y a trois places à l'avant. Le siège du milieu est encombré par une pile d'affaires : gourde, manteau, écharpe, sac à main. Il y a des affaires à moi, aussi : appareil photo, sacoche, enregistreur, au cas où Noémie se mette à me raconter quelque chose qui aurait sa place dans le livre. En attendant, je laisse filer mes pensées.

Je l'ai rencontrée il y a onze ans. On était dans la même promotion et dans la même nébuleuse relationnelle, sans nous connaître personnellement. Je savais que Noémie Calais venait de Calais, et que c'était la fille qui avait eu plus de vingt de moyenne au bac. On se croisait dans les soirées surpeuplées dont on se réveille déshydratés, avec des douleurs aux tempes et des vêtements qui puent la clope. On s'était perdus de vue, et je n'avais plus eu que de lointains échos de qui elle devenait. Hong Kong, Londres, conseil en développement international. J'imaginais un début de carrière brillant, parce que les diplômés de Sciences Po sont censés gagner du fric et diriger.

J'ai été surpris, il y a quatre ans, quand Noémie Calais m'a écrit pour me dire qu'on était voisins de département et qu'elle devenait éleveuse de cochons. À ce moment-là, j'avais déraillé moi aussi en m'installant dans la campagne béarnaise pour tenter d'apporter une réponse concrète à mes préoccupations climatiques. J'avais rejoint une ferme collective en cours d'autorénovation, bientôt autonome en énergie, en eau, en légumes, et d'une radicalité qui me faisait grand bien. En vaillant néorural, je m'initiais à la construction, à la boulangerie, au potager, au poulailler, à la tonte des moutons. J'avais découvert les échardes et les ampoules à la base des doigts, le vent qui arrache les serres, le mildiou et le chiendent. Je jardinais, mais je ne nourrissais personne d'autre que les habitants de ma ferme, et mes revenus ne dépendaient pas de ma modeste production potagère, n'étaient pas trop soumis aux intempéries. Noémie, elle, avait entrepris de vivre de l'agriculture, de s'y consacrer à plein temps, d'aller sur le marché. Je me suis dit qu'elle allait plus loin et plus fort dans la paysannerie.

Elle m'intriguait. Son activité détonnait chez les néoruraux en quête de bucolique dans mon genre, souvent plus enclins à cultiver des plantes aromatiques qu'à élever et à découper des porcs. Quand même. Je me demandais à quoi ressemblait son quotidien, comment elle le vivait dans sa tête et dans son corps, elle qui venait de si loin. J'imaginais l'élevage et la boucherie comme des milieux très masculins, et je supposais que ça ne devait pas toujours être évident d'être une femme, ou une éleveuse d'ailleurs, à une époque où le sujet de la viande était devenu aussi polémique.

En ce qui me concerne, j'ai arrêté d'en acheter à cause de son empreinte écologique, parce qu'on n'a pas assez de place et de ressources sur terre pour généraliser le régime alimentaire du Français moyen. Dans le fond, je me demande à quelles conditions on pourrait nourrir durablement tout le monde, c'est-à-dire sans détruire l'environnement, sans épuiser les ressources, sans trop réchauffer le climat. Je me demande si l'activité de Noémie y contribue. Son modèle est exemplaire : elle travaille en plein air, en bio, en circuit court, au sein d'un collectif fermier. Mais est-ce que la production de viande est un luxe qu'on peut encore se permettre ?

Quand je lui ai parlé de faire un livre, Noémie m'a répondu qu'elle en avait eu envie souvent mais que le temps lui avait toujours manqué. Elle m'a dit qu'il y avait besoin de faire connaître le travail des petits éleveurs pour sortir d'un débat confisqué par le manichéisme, par le « pour ou contre l'élevage », par l'opposition binaire entre véganisme et industrie de la viande, qui occulte la possibilité d'une autre relation à l'animal, à la vie, à la mort. Elle voulait remettre sur la table le vécu et les vérités de terrain pour lutter contre la déconnexion générale vis-à-vis de l'alimentation, dire les absurdités et les injustices imposées aux paysans, relayer leur lutte et leur appel, et surtout témoigner du monde nouveau, joyeux et subversif qui naît par nécessité. On a convenu d'écrire à deux, de raconter son histoire pour parler de la société et de faire rebondir nos points de vue. En ce qui me concerne, j'alternerais entre le rôle du biographe et celui de l'observateur. Noémie, elle, ouvrirait ses carnets pour livrer ses mots bruts, sans filtre.

Entre décembre 2020 et novembre 2021, je suis allé quatre fois dans le Gers pour partager le travail, le quotidien et les conversations de l'éleveuse de porcs noirs.

Première partie

Paysanne

Entrée en matière

Décembre 2020, premier séjour dans le Gers.

Noémie est sur le tracteur, elle passe le rotavator. J'avance dans les herbes hautes et je commence à prendre quelques photos. Elle m'accueille avec un sourire et un coucou du bras, sans interrompre le vacarme du moteur. Je sens qu'elle doit rester concentrée. L'opération consiste à casser les mottes pour ameublir le sol, en prévision de la plantation de mille trois cents arbres. C'est improbable de voir mon ancienne camarade d'amphi au volant de cet engin.

Dans la ferme où j'habite, nous n'avons plus de tracteur. En regardant sa parcelle, un grand carré de quatre hectares et demi sans arbres, en jachère après des décennies de monoculture de céréales, je pense à notre potager, cultivé à la main, et à nos petites prairies, entretenues à la bouche par les ânes et les moutons. Ici, je sens qu'on produit pour vendre. C'est une autre échelle, c'est pro.

En attendant qu'elle termine, je propose un coup de main à Chloé, qui travaille avec Noémie depuis quelques mois et qui pourrait bien devenir son associée. Elle m'emmène au poulailler pour récupérer les œufs. C'est un petit cheptel : un peu moins de deux cent cinquante poules, pour échapper aux normes trop contraignantes imposées au-delà de ce seuil. Pour le premier lot, Noémie a pris des rousses. C'est de l'élevage : quand la ponte baissera, ses poules seront « réformées », elles partiront chez des particuliers moins regardants sur la productivité. C'est rare, car la plupart des poules de réforme en France partent directement à l'abattoir. Tout le monde a l'air de gambader, tranquille. Le parc est vaste, partiellement ombragé. C'est open grain, pour que les poules soient détendues. Le poulailler est mobile, déplaçable avec un tracteur, et intelligemment conçu. Il suffit de lever des trappes à hauteur de coude pour avoir accès aux pondoirs. On remplit plusieurs plaques de trente alvéoles avec les œufs, qu'il faut ensuite trier et tamponner à l'atelier. On passe devant les cabanes à cochons. J'aperçois quelques spécimens dans leurs parcs, j'en entends d'autres bouger sur les planchers. Je suis excité comme un gosse qui cherche l'animal dans l'enclos du zoo.

Les cabanes sont alignées comme des bungalows le long du chemin. Les animaux sont paisibles. Ils ont l'œil vif et expressif, caché derrière leurs grandes oreilles. À partir d'un certain âge, ils acceptent bien volontiers qu'on gratte leur cuir pachydermique poussiéreux, planté d'une toison noire et drue. Ils bombent le dos comme des chats au passage de ma main. Quand ils ne font pas la sieste, ils vagabondent entre leur courette, leur parc et leur cabane, en fonction de la météo, des envies, du groupe. Au bout de leurs pattes, leurs onglons ressemblent à des chaussures à talons. Comme s'ils avaient perdu quelque chose, ils fouillent frénétiquement le sol avec leur groin, cet organe de connexion au monde, sensible et robuste, qu'ils contorsionnent pour renifler et toucher avec une curiosité insatiable. Je crois bien qu'ils bavardent, aussi.

Noémie a rendu le tracteur aux maraîchers, elle est de retour avec un grand sourire. On échange des nouvelles en remplissant des seaux de grain qu'on dépose à côté des cabanes. On quitte la ferme assez tôt, parce que la fin de semaine s'annonce épuisante et qu'il faut s'économiser.

Quand nous sommes de retour, le lendemain matin, et que les animaux entendent le moteur de la fourgonnette, la tranquillité qui m'avait frappé la veille n'est plus qu'un lointain souvenir. C'est la cabane numéro un qui sonne l'alarme. Les cochons se mettent à couiner de toutes leurs forces. C'est la bande sonore de l'enfer. L'hystérie se propage comme une traînée de poudre. La cabane numéro deux fait plus de bruit encore, puis la trois, la quatre, la cinq, comme une ola qui atteint bientôt les dernières cabanes de Pig Avenue, celles des reproducteurs. Le seul extincteur de cet incendie phonique est le seau de céréales. Au premier grain qui touche le fond de l'auge, le calme revient instantanément. C'est magique. Les groins se massent au premier endroit où est tombée la pitance.

Tout ce que je vois est un attroupement de gueules qui s'enfarinent avec un bonheur communicatif. À mesure que je verse, un nuage de poussière se forme et s'invite, avec l'odeur des bêtes, sur chaque millimètre de vêtement, de peau ou de cheveux. Pour les cochons de la cabane numéro trois, c'est un de leurs derniers repas. Ils sont en finition et partiront bientôt pour leur dernier voyage.

Les animaux naissent et sont élevés à la ferme pendant douze à quatorze mois, puis Noémie les conduit à l'abattoir. Quelques jours plus tard, un transporteur livre les carcasses dans la chambre froide de la CUMA, la Coopérative d'utilisation du matériel agricole, un atelier qu'elle partage avec d'autres éleveurs et où elle « transforme », c'est-à-dire où elle passe deux jours à découper, à préparer et à conditionner les produits qu'elle vendra sur le marché. Demain, comme un jeudi sur trois, c'est découpe, on va à la CUMA.

Quand le réveil sonne à cinq heures pour aller dépecer, je me demande si c'est une vie, si tout ça a bien un sens. Je m'habille, je rassemble mon matériel de reportage et je me traîne jusqu'à la cuisine. Noémie et Lucas, un autre copain d'université arrivé la veille, sont déjà au café. On échange quelques mots à voix basse pour ne pas trop réveiller la nuit. Après quelques lampées, je sens monter la même excitation que celle des matins de départ en voyage. Dans la fourgonnette, le souffle de la ventilation, réglée au maximum, se réchauffe petit à petit. On écoute

Barbara rouler ses *r* en glissant sur les coteaux du Gers. La solitude. C'est bien, Barbara, au petit matin, quand tout est calme, le piano, l'accordéon, et sa voix qui caresse les champs noirs d'une douceur maternelle. Je plane. Bientôt nous découperons des porcs.

La CUMA est située dans la zone artisanale de la commune de Seissan. C'est une boîte de tôle, de métal et de béton. Devant, il y a un quai de chargement pour les camions. De l'autre côté de la rue, c'est l'Intermarché, avec son parking et sa station essence. Avant de pénétrer dans le cœur du bâtiment, on passe par le sas des vestiaires pour hommes avec Lucas. Bottes de sécurité alimentaire, polaire pour le froid, lavage de mains, blouse, charlotte, manchettes et gants à usage unique, tablier de travail en nitrile et PVC, masque.

Comparé à la ferme, c'est le jour et la nuit. Tout est aseptisé, lisse, aux normes. Les murs sont faits en panneaux préfabriqués. Tout doit être lessivable. Plastique alimentaire, inox. Absence de fenêtres. Les larges portes mènent vers d'autres pièces borgnes : chambres froides, salle d'étiquetage, séchoir, plonge. L'éclairage blafard des néons et la ventilation qui couvre les bruits du dehors font perdre toute notion de temps. Noémie nous donne des couteaux et un gant cotte de mailles pour la main qui ne tient pas le couteau. Le gant est mouillé et froid, comme l'air où flotte l'odeur épaisse de la viande et du gras. Chloé est arrivée. Elle accompagne Noémie dans la chambre froide pour aller chercher la carcasse : une moitié de cochon, toute propre, sans tête et sans viscères, cinquante-cinq kilos, un mètre cinquante environ, vlan, sur la table de découpe. Il faut tomber la carcasse, comme dit Sylvain, qui sifflote sur son veau à la table voisine. Il débite autant de pièces de viande que de grossièretés pour amuser la galerie. Il aime taquiner les néoruraux, qu'avec tendresse il a baptisés les « enculés d'écolos anti-chasse ». Ses sarcasmes ont plus de succès auprès de Lucas et moi que de Noémie et Chloé. Pendant qu'elles scient les os pour séparer les quartiers, elles se racontent les potins de l'élevage en riant. Il y a quelques jours, Prad Pitt, un verrat né l'année des P, a escaladé sa clôture au prix de douloureuses décharges dans les roubignoles parce qu'il mourait d'envie de retrouver Merveille, la truie. Bavant de plaisir, ils ont fait leur affaire sous l'œil résigné de Nougat, l'autre verrat, ronchonnant derrière ses grandes oreilles.

Noémie nous a chargés de désosser les jarrets avant et arrière. Elle nous montre. Son couteau glisse dans la chair sans rencontrer d'obstacles. Quand c'est à nous, c'est une autre chanson. La lame bute sans cesse, je découvre l'anatomie au fil des entailles. C'est chair contre chair, la mienne et celle du cochon, ses muscles découpés par les miens. Au fur et à mesure, l'animal devient viande, le cochon disparaît sous les dénominations bouchères, chaque pièce est rangée dans les tiroirs de l'échelle, une armoire en Inox sur roulettes avec ses bacs en plastique alimentaire blanc. Jarrets, filet mignon, poitrine, côtes échines, bardière. Au bout d'une heure à séparer la couenne de la peau, je ne sens plus mes mains, mon poignet s'engourdit, mes avant-bras et mon dos se raidissent. Noémie annonce la trêve, enfin. On se libère des tabliers, des charlottes, des manchettes, des gants.

La salle de pause ressemble à un bureau de concessionnaire automobile des années quatre-vingt. Il y a de grandes fenêtres. Le jour est bien levé, il doit être dix heures. La lumière est réparatrice, comme l'absence de ventilation. Son souffle est remplacé par celui de la circulation dans la rue, plus irrégulier. L'équipe s'écroule sur les chaises autour de la table en formica. Se relever pour attraper une tasse de café semble être un effort insurmontable. Noémie, qui a l'habitude, dégaine son téléphone et entame la traditionnelle lecture de l'horoscope de sa voix claire. On y passe tous. À chacun sa révélation invérifiable, on se marre.

Je pense à l'air conditionné des chambres froides, à l'eau brûlante de la plonge, aux quantités de film plastique pour les mises sous vide, à tous les véhicules sur le parking, et je repense à ma petite ferme bioclimatique et passive. Je me dis qu'on est assez loin de la sobriété énergétique, ici. Il y a les normes d'hygiène, la chaîne du froid qu'il ne faut pas rompre, les contraintes logistiques. J'imagine que, quand on produit, on ne peut pas lésiner, et que Noémie non plus ne rêvait pas de charlotte et de néons quand elle a choisi ce métier.

Cochons

Je lui ai demandé comment les cochons étaient arrivés dans sa vie et elle m'a promis de me raconter ce soir. Elle est partie chercher ses carnets, et j'allume l'enregistreur. C'est écrit à chaud, comme un journal intime, trop intime parfois pour être lu, alors elle saute des passages. Dans les oscillations de sa voix, je décèle successivement l'affection, la mélancolie et l'amusement de ceux qui remuent les temps révolus, les amours passées, les lubies d'un jour.

Noémie fait la connaissance des cochons au pays de Galles. Une petite ferme familiale diversifiée avec un joli potager et des couchers de soleil qu'on prend le temps de regarder. Cette ferme, c'est celle des parents de Ray, l'amoureux de Hong Kong suivi en Angleterre. C'est la ferme de tous les week-ends prolongés, de tous les répits, loin de Londres. Elle y côtoie une autre population : des brebis, des oies, des cochons et des poules. En revenant de balade, c'est dans l'enclos des cochons qu'elle va s'asseoir avec Ray, attendant que les groins curieux s'approchent. Les cochons lui parlent, elle en est convaincue. C'est troublant et drôle. Elle leur lance la balle, elle les gratte. Fidel et Franco, ainsi baptisés par le père de Ray, féru d'histoire, sont nés la même année. Ce sont des porcs berkshire : oreilles dressées, couverts de soies noires et blanches, très calmes.

C'est en suivant la piste cochons et par nostalgie britannique que Noémie atterrit dans le Gers pour la première fois. L'annonce d'Anna, une Anglaise mariée avec le Sud-Ouest, mentionnait qu'elle élevait des cochons noirs. Noémie, qui consacre son été à faire du volontariat dans des fermes, lui écrit et débarque chez elle quelques semaines plus tard. Les cochons d'Anna ont de larges oreilles qui leur cachent les yeux et ils sont d'une grande sociabilité, cultivée par l'éleveuse, qui passe beaucoup de temps à leur parler. Noémie s'occupe des animaux, du jardin, et des enfants à l'occasion. Elle est vite traitée comme un membre de la famille. À table, les légumes viennent du potager, la viande, de l'élevage, et le reste a été acheté ou échangé avec les paysans alentour. C'est un festin à chaque repas, un trait d'union joyeux entre le travail et l'alimentation, une ode à l'autonomie, une révélation. C'est Anna qui lui fait franchir le seuil de la CUMA pour la première fois. L'odeur de viande froide transporte Noémie en enfance, au bras de sa grand-mère qui l'emmenait chez le boucher. Elle ouvrait de grands yeux devant les gestes maîtrisés de l'artisan au tablier, devant la trajectoire précise de son couteau. Elle se rappelle le contraste du rouge et du blanc sur la planche à découper, le bruit du papier d'emballage qui se plie sous les gros doigts et enfin le moment où le monsieur lançait « Et avec ceci ? » sur un ton machinal.

Pourtant, à ce stade, Noémie envisage encore les cochons comme une activité secondaire, un à-côté plaisant. Elle veut faire pousser des légumes, pas élever des cochons. Elle s'imagine maraîchère, et consigne ses premières réflexions de reconversion dans son carnet.

5 mai 2017

L'installation en maraîchage prend du temps et s'effectue au prix de nombreuses démarches administratives. Déclarer son activité : de quatre à six mois. Déclarer ses moyens d'irrigation : même délai, à ne pas confondre avec la demande d'autorisation de prélèvement d'eau, même délai. Les salaires et la charge de travail en maraîchage bio, d'après mes documents : compter mille euros de salaire par mois pour cinquante heures de travail par semaine, cinquante et une semaines par an, et puis compter environ cinquante mille euros d'investissements en irrigation, en matériel, sans inclure le foncier ni le bâtiment.
Est-il possible de monter quelque chose en dehors du système, de faire du maraîchage et de l'élevage à petite échelle, d'avoir des porcs rustiques, des volailles peut-être, quelques chèvres, en faisant de la ferme un espace de transmission via une ferme pédagogique, en travaillant avec les

écoles, les maisons de retraite, les établissements médico-sociaux ?
Des produits de la ferme à petite échelle, un peu de tout mais du bon, du sain, du bio, sans certification parce que ça coûte cher. Le cœur de l'activité, c'est les fruits et les légumes. Dans quelques années, tout le monde sera végane, et ce sera tant mieux pour le climat.

Elle sourit. Ces fantasmes lui semblent lointains, naïfs, tellement néoruraux. Quelques mois après avoir ébauché ses plans sur la comète de son carnet, elle fait sa rentrée au lycée agricole de Mirande pour passer son brevet professionnel de responsable d'exploitation agricole (BPREA). Elle se balade dans les matières théoriques, mais elle doit rattraper les autres pour le reste : le jargon, la botanique, les outils, les gestes. Pour la première fois, elle a la sensation d'apprendre un vrai métier. Quand elle utilise ses mains, elle n'arrête pas de réfléchir pour autant, elle réfléchit différemment. Sa pensée se focalise sur des problématiques directes, tangibles, physiques : quelle posture adopter pour porter la charge, comment organiser l'espace et les tâches de la manière la plus efficace possible. Par réalisme ou à cause du formatage, elle reconsidère ses premiers projets. Elle s'installera dans les clous, aux normes, en faisant des investissements, des prêts à la banque, elle demandera la dotation jeune agriculteur[1] (DJA). Sa formatrice l'a convaincue qu'il fallait qu'une ferme soit « un outil de travail ergonomique ». En stage, pas de coup de foudre pour les légumes, son cœur ne lui parle que de cochons. Elle décide de se former à la transformation de la viande dans le Cantal.

Bouchère

14 mars 2018

La formation en boucherie-charcuterie d'Aurillac est réputée chez les éleveurs. Ici, on ne transige pas avec la qualité : pas de sels nitrités, pas de conservateurs. Juste du sel, du poivre, de la méthode et du temps. Les stagiaires viennent des quatre coins de France : l'ambiance est studieuse et passionnée, des amitiés se nouent rapidement.
Si intenses que soient ces moments d'apprentissage, ils me rappellent par moments que je suis une femme dans un milieu d'hommes, comme pendant le stage boucherie qui, contrairement à la charcuterie, n'est historiquement pas un métier mixte.
Sur les neuf personnes présentes dans la salle de découpe, je suis la seule femme. Ils ont tous déjà « touché » de la carcasse, comme ils disent. Moi, nouvelle dans le milieu, j'ai déjà désossé des morceaux simples, mais jamais débité de carcasse complète. C'est pour ça que je suis venue me former. Pour apprendre.
Le formateur arrive, il est vif, nerveux, trapu. Lorsque la carcasse de démonstration est apportée devant lui, il la découpe à toute vitesse. Pourquoi si vite ? J'ai l'impression

qu'il se fait mousser, qu'il veut montrer aux autres gars à quel point il est fort et compétent.
À nous de jouer : sortir le filet mignon, séparer le jambon, l'épaule, lever la bardière et l'échine, soulever le côti, détacher la poitrine, couper les côtes, enlever les pieds, les jarrets. Je n'ai jamais fait ces gestes. Souvent, j'arrête mon couteau en pleine action pour demander une validation au formateur. Les carcasses sur lesquelles nous travaillons appartiennent à des éleveurs, je n'ai pas envie de ruiner leur viande. Les réponses sont sèches et cinglantes : je n'écoute rien, je n'avais qu'à mieux l'écouter la première fois. Jusqu'à un « Non mais t'es blonde ou quoi ? » qui commence à me donner la nausée. Je serre les dents et ne pose plus de questions.
L'éleveuse propriétaire des carcasses a laissé une fiche de découpe au boucher, précisant qu'elle avait besoin de côtes dans l'échine pour ses commandes. Problème : nous avons désossé toutes les échines pour nous entraîner à faire des coppas. Le formateur trouve une parade : « Ce n'est pas grave, on va lui mettre des côtes premières à la place. De toute façon, c'est une femme, elle ne verra pas la différence. » J'écarquille les yeux. Un stagiaire en face de moi semble embarrassé. Les autres ont en coin le petit sourire de la connivence.
Je prends d'ordinaire tant de plaisir à apprendre des gestes et des savoirs dans cette salle. Ce matin-là, je trouve l'air putride, vicié de virilisme et de misogynie ordinaire. Le triomphe de l'homme sur la bête, sur la chair, sur la femme. Le midi, je parle de mon malaise à la responsable. Elle en touche un mot au formateur, qui vient me voir en début d'après-midi : j'aurais dû voir ça en direct avec lui, c'était

juste des blagues, j'aurais dû le comprendre, enfin, que c'était juste des blagues.
Le lendemain, je croise une jeune femme dans la salle de découpe, l'air timide et doux, une petite voix mal assurée. C'est la nouvelle responsable de l'atelier viande. Elle sera chargée de gérer la troupe des bouchers-charcutiers-formateurs. Je lui souhaite du courage et je me questionne vis-à-vis de ma propre situation. Va-t-elle réussir à se faire respecter ? La douceur peut-elle faire autorité ou devra-t-elle « s'endurcir », c'est-à-dire corrompre une partie de son être et de son caractère pour coller aux codes du milieu ?
Je ne l'espère pas. S'endurcir, pourquoi pas si cela fait écho à un besoin profond et conscient de notre part, mais si c'est pour se faire accepter dans un milieu que l'on juge malsain... J'ai l'impression que c'est le défi qui nous attend, nous les femmes dans des milieux d'hommes : rester fidèles à nous-mêmes, à nos valeurs et à nos modes de communication. Oser nous montrer sûres de nous et compétentes, avec notre sensibilité et notre force. Ne pas céder aux sirènes de la dureté, du virilisme, du roulement de biceps pour s'imposer aux autres. Ces hommes indélicats dans leurs propos n'ont peut-être pas l'habitude de voir la boucle d'oreille côtoyer le couteau, mais ils s'habitueront.

14 mars 2019

L'épisode de misogynie ordinaire à Aurillac me paraît d'autant plus anachronique qu'il est une exception dans mon parcours. Partout ailleurs, en boucherie comme en élevage, j'ai été reçue et formée avec bienveillance et générosité. À peine me propose-t-on parfois de porter des charges lourdes à ma place. Je réponds alors que je préfère qu'on les porte ensemble. À la CUMA, la bienveillance domine, les carcasses et les journées sont lourdes pour tout le monde, on est tous dans le même tunnel. Le boulot soude les gens. Autour des tables de découpe, on trouve tous les profils : des Gersois d'origine, des néoruraux, des bac + 5 et des gens qui ont commencé à travailler tôt. À leur arrivée dans le milieu agricole, ils ont fait des erreurs, des fautes techniques, mais ils ont été accueillis. Maintenant, ils accueillent la relève.

Quand Noémie pousse la porte de la salle, elle sait qu'elle va en baver. La CUMA, c'est un ring. Elle va en baver, mais elle va créer, elle va travailler pour elle, pour son indépendance. Elle pense à Marx, elle n'est plus la prolétaire de personne. Elle taille sa vie comme les autres.

1200 m

Les Bourdets

C'est aussi la perspective de l'entraide qui a convaincu Noémie de s'installer aux Bourdets, même si ce n'était pas le décor qu'elle imaginait.

Il n'est pas simple de se fixer, de se dire « c'est là, terminus, ici que je plante ma vie et que j'arrête de chercher ailleurs ». Dans le Gers, Noémie n'a aucune racine, mais elle garde de son premier séjour l'image des collines dorées de tournesols, des bosquets, des pierres jaunes incendiées de lumière, des vieux villages perchés sur les hauteurs avec leur ciel indéfiniment bleu. Pour elle, ce coin de France a comme un air de Toscane, et sa chaleur rayonne jusque dans l'accueil d'Anna et dans le bon-vivre gascon. C'est une terre de plaisir. Elle y est arrivée par hasard, mais elle a envie de prendre la vie comme elle vient. Elle s'y voit.

Pourtant, l'endroit où elle s'installera quelques mois plus tard lui évoque davantage le port de Dunkerque que la Toscane. Le fond de vallée de la ferme des Bourdets n'est pas spécialement bucolique. Pour accéder à la parcelle de Noémie, il faut passer entre deux imposantes fosses en béton de neuf mètres de fond, qui collectaient le lisier de deux mille cochons sur caillebotis, nourris dans les bâtiments désaffectés qui jouxtent son terrain.

Quand elle visite Les Bourdets pour la première fois, l'effervescence la saisit. La ferme est en plein renouveau : la page de la porcherie intensive se tourne avec la diminution progressive du cheptel. Catherine, l'exploitante, en a trop sur les épaules, et elle cherche à transmettre. Les planètes s'alignent. Son fils Tom, qui voulait se reconvertir dans l'élevage ovin et caprin, est arrivé avec deux copains, Fred et Marianne, qui cherchaient à s'installer en maraîchage et en collectif. L'équipe de la bergerie s'est agrandie avec Hélène, tandis que les céréales qui étaient cultivées pour les cochons de la porcherie intéressent Baptiste et Léon, qui ont un projet de boissons végétales.

Depuis que Noémie a abandonné l'idée du maraîchage, elle cherche à intégrer son activité à celle d'une ferme diversifiée pour profiter des complémentarités agronomiques : trouver des débouchés pour le fumier de ses cochons et valoriser grâce à eux les sous-produits, comme le petit-lait ou les légumes abîmés. Aux Bourdets, elle sent une rage d'entreprendre teintée d'humour, de culture et de belles valeurs. Les gens ne sont pas là par hasard, c'est le fruit d'une démarche militante, d'une volonté de bien manger et de mieux vivre qui résonne chez Noémie. Chaque atelier de production est une entreprise indépendante, mais le matériel est mis en commun. Les producteurs s'entraident et se coordonnent toutes les semaines à la réunion du lundi. Tous les midis, il y a un repas collectif, et y assiste qui s'inscrit. Pour Noémie, c'est le bon équilibre entre indépendance et collectif. Quand Catherine lui dit qu'il y aurait de la place pour un élevage de cochons et qu'elle lui propose un bout de colline, elle y réfléchit.

Le 31 décembre suivant, elle est invitée par Tom aux Bourdets. Tous ses copains y sont, la grande maison est pleine, les gens parlent fort, rigolent. Il y a de la vie. Voilà la promesse du collectif. À cette heure-ci, peu importe si sa parcelle ne ressemble pas à la carte postale qu'elle avait en tête. La beauté, ce sont ces corps heureux qui dansent avec quelques grammes sur les tubes cent fois entendus. C'est comme ça que le destin se scelle, que la porte ouverte est franchie et que Noémie signe le bail de fermage.

Presque un an plus tard, le soir où ses premiers cochons arrivent, les membres du collectif font des heures sup, frontales allumées, pour lui faire un comité d'accueil. Noémie a vu l'annonce en décembre : « Huit cochons noirs, bio », une opportunité rarissime. Elle a appelé tout de suite. Le vendeur était à une heure de route, parcourue dans un mélange de stress et d'excitation. À destination, rien ne correspondait à ce qu'elle avait imaginé. Les cochons, censés avoir accès à un parc en plein air, étaient entassés dans un réduit au coin d'une grange. Leur litière, trop fine, absorbait mal. Les animaux sentaient la pisse. Quand Noémie les approchait, ils couinaient de panique. Elle a finalement réussi à tous les faire rentrer dans la bétaillère, pleine à craquer, et l'odeur d'urine l'a suivie derrière le volant.

À son arrivée aux Bourdets, les manœuvres sont interminables. Quand la bétaillère est enfin positionnée en face de la cabane, les passagers, tétanisés, refusent de bouger. Tom, qui a l'habitude, finit par employer la technique de la dernière chance : mettre un seau sur la tête des cochons pour qu'ils fassent marche arrière en cherchant à se dégager, pendant que Noémie les dirige en leur tenant la queue.

Le huitième est rentré, enfin. Accolade générale. Ils vont trinquer dans la maison de Catherine. En allant se coucher, Noémie repasse devant la cabane. Elle jette un œil à l'intérieur, moyennement sereine. C'est calme. Sa yourte est montée depuis peu, il n'y a encore ni eau ni électricité. Elle met du temps à trouver le sommeil, elle repense aux cochons, à la journée. Elle se demande si elle n'a pas oublié quelque chose d'essentiel, si elle a bien fermé toutes les issues, s'il y a bien le jus dans les clôtures. La fatigue aidant, elle lâche prise et laisse filer ses pensées. Nous sommes le 21 décembre 2018, elle ne passera pas les fêtes avec sa famille, « parce qu'il y a les animaux », a-t-elle expliqué à sa mère au téléphone. Elle aurait pu décaler leur arrivée à janvier, mais elle n'y a pas pensé. Comme s'il fallait accomplir quelque chose d'héroïque, faire un sacrifice rituel pour acter son changement de vie. Catherine et Tom l'ont invitée à passer les fêtes aux Bourdets. Pour Noémie, c'est comme une invitation à rejoindre la famille des éleveurs. Elle accepte avec joie.

Le surlendemain, deux des huit cochons se refusent toujours à sortir de la cabane pour aller explorer leur parc, tétanisés par l'herbe inconnue. Noémie décide de se montrer plus insistante. Dans un mouvement de panique, une cochette – une jeune truie, qui n'a pas encore donné naissance – touche la clôture mobile avec son groin. Affolée par la décharge, elle se met à détaler et force le filet. Catastrophe. Au bout de quelques mètres, sa patte se prend dans une tranchée de drainage. Elle s'immobilise et gémit. Elle est blessée. Sous le choc, Noémie s'approche pour essayer de calmer l'animal, mais il prend la fuite en boitant. Elle se résout à demander du renfort à la bergerie. À plusieurs, ils finissent par le ramener dans sa cabane, mal en point.

Pendant la semaine qui suit, Noémie essaie tout pour soigner sa bête : bandage, attelle, ostéopathe. Pour que les autres cochons ne la molestent pas et arrêtent de défaire ses pansements en voulant jouer, elle l'isole dans la bétaillère, reconvertie en infirmerie. Il fait froid. L'argile est à l'état boueux dans la journée et gelée le matin. Elle rend visite plusieurs fois par jour à la cochette, elle lui parle, lui apporte à manger et à boire, mais ne constate aucune amélioration. Le cinquième jour, l'animal ne se lève plus et commence à perdre de la masse musculaire. Noémie culpabilise. Elle demande conseil à Catherine, hésite, repousse la décision au lendemain, et finit par se résoudre à ce qu'elle voulait éviter : l'abattage prématuré.

Le soir même, avec l'aide de Catherine, elles sortent la cochette, à la frontale, et l'éloignent de la cabane. L'animal est faible et ne se défend presque plus. Noémie pose le genou à terre et se penche vers sa bête, allongée sur le flanc. Elle pose la main sur son jarret et lui adresse quelques dernières pensées. Elle arme le matador, le positionne sur le front, inspire, appuie. Le coup part, la vie s'arrête, le silence règne.

Noémie passe la corde autour de sa patte arrière et ajuste le nœud. Elle attache la corde à la fourche du tracteur. Catherine allume les pleins phares. Le bras mécanique se lève doucement, et avec lui le corps inerte, jusqu'à pendre un bon mètre au-dessus du sol. Le souffle fumant, Noémie saigne le cochon, Catherine tourne le sang dans la bassine, à l'ancienne, puis Noémie ouvre, vide les entrailles, découpe, en deux, en quatre, elle y passe la soirée. Le lendemain, elle continue à découper pour valoriser la viande. Elle mettra le jambon à mariner pendant une semaine et le cuira dix heures à feu doux. Elle invitera tous les copains des Bourdets et du Gers chez Catherine, et ce premier coup dur se terminera par un beau moment de partage.

Catherine ne voulait pas s'immiscer dans l'installation de Noémie, farouchement indépendante. Pourtant, il y a une transmission, c'est indéniable. Grâce au volume de l'élevage de Catherine, Noémie a pu s'exercer aux mises bas difficiles, aux piqûres, à la castration des porcelets, elle a appris à détecter les chaleurs. Ces moments sont plus rares dans les élevages de petite taille où elle était en stage et où ces gestes ne sont pas délégués. Catherine lui a montré et l'a laissée faire. Quand Noémie a un problème avec un animal, c'est toujours Catherine qu'elle va voir en premier. Ses conseils, c'est du bon sens, des réflexes pratiques qui sentent le vécu. Je les ai questionnées sur le fait que l'une soit en bio et l'autre en conventionnel, et Catherine m'a dit que les éleveuses indépendantes étaient trop peu nombreuses pour s'opposer et que tout le monde avait à apprendre de tout le monde, surtout les néoruraux des agriculteurs expérimentés. Ce n'est pas la même façon de travailler ou le même environnement, mais c'est le même animal, et Catherine le connaît par cœur. Aujourd'hui encore, Noémie prend la même intonation qu'elle en s'adressant à ses truies.

Avec les gens du collectif, fini le temps des courbettes et des faux-semblants de ses anciens boulots. Tout le monde se connaît bien, se fait confiance et joue cartes sur table. Elle a l'impression que, dans ce petit coin de Gers, la coopération prime sur la compétition qu'elle a toujours plus ou moins connue dans ses études et dans le milieu professionnel. Dans les environs des Bourdets, il y a pas mal de céréaliers et d'éleveurs, et quasiment aucun en bio sur petite surface. Les relations avec eux, si elles sont occasionnelles, sont bonnes. Les jeunes du collectif sont intéressés par la connaissance du terroir qu'ont les enfants du pays, et ces derniers semblent ravis de les renseigner et de mieux connaître les nouveaux. Ils ne s'invitent pas tous les jours pour l'apéro, mais il y a une curiosité mutuelle. Quand ils se croisent, les véhicules s'arrêtent. On descend les carreaux et, les grands jours, on coupe le moteur. Elle m'a parlé d'Henri Estanguet, le roi de la réparation des engins agricoles, qui soude tout et fabrique même des pièces. Il aime le porc noir, alors, quand il rend un service, il y a toujours moyen de s'arranger sans facture. Le lien passe par la terre, par le travail, par les produits.

Corps

18 mai 2021

Hors de la bulle néorurale, des rencontres me rappellent qu'être une femme, éleveuse et bouchère, peut encore sembler bien atypique. On me demande où est mon mari, mon compagnon, si c'est lui qui tient la ferme et moi qui l'aide. Les livreurs m'appellent pour me dire qu'ils ne m'ont pas trouvée sur la ferme mais qu'ils ont laissé le colis « au patron ». Le refrain le plus courant, je l'entends quand les regards passent de mon œil, souligné d'eye-liner, à mon short en jean : « Eh bien, vous n'avez pas la tête d'une éleveuse de cochons ! » Mais qu'est-ce qu'une tête d'éleveuse de cochons ? Faut-il un groin ? Catherine a été éleveuse de porcs sur cette ferme pendant trente-cinq ans. Avec ses longs cheveux blancs, ses grands yeux bleus, sa silhouette chic et ses vêtements colorés, est-ce qu'elle non plus n'aurait pas la tête de l'emploi ?
En arrivant de Londres, pétrie d'idéalisme et de préjugés bucoliques sur le monde agricole, j'ai vite été confrontée aux limites de mon corps, à mon manque d'endurance et de force face à la fourche et face au port de charges lourdes. Arrivée dans le Gers en plein mois de juillet, j'ai

ressenti le plaisir de laisser le soleil mordre ma peau de ses chauds rayons, avant de m'alourdir dans la torpeur ombragée des après-midi trop chaudes. J'ai éprouvé la douce langueur du corps à la fin des longues journées d'effort. Ma peau est devenue hâlée, contrastée à côté de celle des copains de Paris, restée pâle. Mon corps se muscle jour après jour. Griffures et bleus font partie de mon être.

Le vêtement devient aussi un espace de liberté. Plus de tenue correcte exigée : mini-short plein de terre, corps visible, libre et souple. Maillot de bain, promesse d'une baignade salvatrice les soirs d'été. La CUMA est le seul endroit où le vêtement enserre et contraint. Plusieurs couches d'habits chauds, comme pour affronter une piste noire. Le long tablier blanc tombant jusqu'aux bottes enlace le corps comme un fourreau de plastique. Mon corps est caché, mes mouvements, entravés. J'enlève mes épaisseurs comme une lourde mue de serpent, le soir. La douche chaude dénoue les muscles tendus par le froid, apaise les tendons fourbus.

Un corps de femme, et le premier jour des règles qui parfois tombe un jour de découpe : mal au ventre, mal au dos, pas le temps de s'asseoir. La veille, le tourbillon hormonal et la tornade émotionnelle : un jour d'abattoir, un face-à-face avec une vache blanche, robe couleur de nacre, yeux cerclés d'un fin trait noir, seule dans sa loge, belle et calme, noblesse animale. Imaginer ses yeux fermés par la mort me bouleverse. Étrange faisceau de sensations, d'empathie. À quoi ressemblerait le monde si les patrons d'abattoirs ou les chefs d'élevages intensifs avaient leurs règles ?

Depuis mon installation, je reçois de plus en plus de stagiaires femmes, rassurées de venir découvrir le monde de la boucherie et de l'élevage chez une consœur, de poser toutes leurs questions sans peur. Elles osent parler de leurs appréhensions, de leurs doutes, de leurs rêves, sans crainte d'être jugées. De douces amitiés se créent entre les murs blancs et les seaux de grain. Revendiquer le girl power n'a jamais été mon truc. J'aime trop la mixité, la drôlerie et la complémentarité des rapports hommes-femmes, mais je dois reconnaître que le travail entre femmes, dans ce milieu masculin, nous fait nous sentir plus fortes, nous permet d'expérimenter des gestes en confiance, sans jugement extérieur. On est heureuses de ce qu'on a accompli, ensemble.

Je ne me suis jamais vraiment revendiquée comme féministe. Le féminisme, je le vis au quotidien. Affirmer chaque jour ma place de femme dans un milieu masculin, revendiquer l'égalité de traitement, le respect, me faire reconnaître pour mes compétences, rester moi-même, sur le fil d'équilibriste oscillant entre force et sensibilité, c'est ça, ma part d'engagement. Les femmes agricultrices de la génération de ma grand-mère étaient réduites au statut de conjointe : sans statut de chef d'exploitation, elles n'avaient ni reconnaissance sociale, ni droit à la retraite, ni congé maternité. Grâce à leurs combats, l'égalité hommes-femmes dans notre milieu a bien progressé. Pour ma génération, j'ai l'impression que la bataille est ailleurs, que la quête d'égalité n'est plus à chercher entre hommes et femmes, mais entre les agriculteurs et le reste de la société. Un tiers d'entre eux gagnent moins de trois cents euros par mois, et un quart vivent sous le seuil de pauvreté[1]. Le combat pour un revenu décent et pour la reconnaissance sociale du métier agricole concerne les femmes autant que les hommes.

Été

L'arrivée de Nougat, de Merveille et de Mimosa n'a rien à voir avec celle des huit premiers cochons. C'est l'été. Les parents de Noémie sont venus l'aider un mois aux Bourdets. C'est avec sa mère qu'elle part chercher les trois nouvelles recrues dans une ferme paradisiaque du Lot-et-Garonne, à une heure et demie de route. Les animaux sont beaux, dans de jolis petits parcs enherbés. À leur sociabilité, on sent qu'ils sont bien traités. Noémie est frappée par Nougat, mastodonte de trois cents kilos avec des dents acérées. Ni elle ni le vendeur n'en mènent large quand il faut conduire le colosse jusqu'à la bétaillère, où patientent déjà les truies. Mais il embarque et la remorque tremble. En faisant le plein à la station, Noémie regarde son chargement, incrédule. Elle se demande vraiment ce qu'elle est en train de faire.

Il ne faut pas insister quand la bétaillère est positionnée devant la cabane et que les portes s'ouvrent. Nougat surgit et part comme une fusée, surpuissant, suivi par les deux truies. Noémie a peur qu'ils ne cassent la clôture et ne se blessent, mais tout se passe bien. Nougat prend seulement le jus par excès de turbulence.

Stimulées par le voyage, les deux truies ont leurs chaleurs. Nougat, survolté, a jeté son dévolu sur Merveille et commence à la saillir dans la cabane tout juste érigée. Les parents de Noémie, plutôt discrets en général, assistent aux ébats avec un sourire en coin et improvisent quelques commentaires sportifs. Dans le feu de l'action, Nougat tape contre les parois de la cabane et fait trembler le bardage. Certaines planches se déclouent. Noémie réquisitionne son père pour un renforcement en urgence. Le bâtiment, mis à rut épreuve, tient bon jusqu'à la fin de l'opération. Le fruit de ces ébats verra le jour trois mois, trois semaines et trois jours plus tard. Le temps de gestation est simple à retenir.

Semaine après semaine, Noémie fait connaissance avec ses nouveaux locataires. Elle développe vite un faible pour Merveille, qui vient au contact pour chercher des caresses et lui raconte beaucoup sa vie. Elle est très douce, et elle la suit partout au simple appel de son prénom. Noémie me dit que c'est comme un chien. Ou comme un chat, affectueux, qui pèserait deux cent cinquante kilos. Merveille est une truie magnifique, et elle la prendrait pour modèle si elle savait sculpter. Manquant encore de sensibilité à cette beauté-là, je lui demande de développer. Merveille a un corps allongé, plutôt svelte, un petit groin en trompette, de beaux yeux doux et expressifs. Quand elle met bas, elle a un joli ventre gonflé, de grosses mamelles. Elle fait très bien les nids de paille, allaite bien et prend grand soin des porcelets. Voilà. Noémie me dit qu'elle aura toujours un animal préféré, une muse, une truie, une rose de Saint-Exupéry avec qui elle tissera un lien particulier. La première, c'est Merveille.

Hiver

Le réveil est difficile. Elle a fini tard, hier. À minuit et demi, il lui restait encore deux heures de nettoyage à l'eau brûlante pour récurer le hammam de viande de la CUMA, elle qui supporte mal l'humidité. Aujourd'hui, c'est le deuxième jour de découpe. Elle passe nourrir les animaux d'abord. Il y a quinze minutes de route jusqu'à la ferme. Il fait encore nuit, mais les cochons font le même boucan que d'habitude. Heureusement qu'elle avait préparé les seaux de grain. Elle remonte dans la fourgonnette, vingt-cinq minutes jusqu'à la CUMA. Le jour se lève à peine quand elle arrive à Seissan. D'autres bouchers sont déjà sur le pied de guerre. Aujourd'hui, elle doit sortir les salaisons sous vide, les mettre dans les filets, les étiqueter, les suspendre, ficeler les rôtis, couper les côtes, pousser le boudin, faire fondre le saindoux, tout sceller sous vide, tout étiqueter, tout mettre dans les glacières, passer à la ferme, tout mettre dans les frigos, charger le camion pour le marché.

Au bout d'une heure déjà, Noémie sent son poignet. Son trapèze est raide, elle cherche à le soulager par des mouvements de tête. Les heures filent, le corps ploie, cette putain de liste de choses à faire prend tout son temps pour diminuer. Ce que Noémie espérait avoir fait avant la pause déjeuner est reporté à après. Le poussoir à saucisses est en train de lâcher, il faut tenir une pièce quand la machine est en marche et ça rend le geste plus compliqué. Elle doit garder son sang-froid, rester concentrée pour ne pas faire d'erreur. La dernière fois, elle a confondu le sel et le sucre, et tout le lot était foutu, invendable. Ça a fait un trou dans la compta, gâché des mois de travail en amont. Elle marche sur un fil. Toutes les trois semaines à la découpe, elle souffre. Mais toutes les trois semaines elle y retourne pleine d'espoir, en se disant que cette fois-ci ça va aller. Et elle morfle. Plus la journée avance et moins elle parle, elle active le mode autonomie d'énergie pour tenir jusqu'à ce que ce soit fini. Elle se terre dans le mutisme, service minimum jusqu'à la délivrance.

C'est dur pour tout le monde. En tant que prestataire, Sylvain travaille souvent la semaine complète dans la cage borgne de la CUMA. Le vendredi, il est à bout de nerfs, pareil. Il pète une durite. Sa réaction est à l'opposé de celle de Noémie : il gueule, il peste, il éclate. C'est un gars qui a de l'esprit, beaucoup de répartie, mais avec la fatigue ses blagues sont plus lourdes, plus graveleuses, plus misogynes. Noémie se bouche les oreilles, mais elle entend, ça la dérange. C'est un stimulus négatif de plus. Elle en a parlé aux autres éleveurs en réunion. Au bout d'un long moment, toutes les pièces de viande sont sous vide, enfin, mais voilà que l'étiqueteuse fait des siennes, refuse d'imprimer. Putain, pas ça. Elle a presque envie de chialer. Elle va chercher de l'aide, l'opération met le double de temps. Elle benne tout dans les glacières, les glacières dans la voiture, les bottes au vestiaire, et elle se casse.

Le soir, elle tombe comme une mouche, muette, se couche à vingt heures, parce que demain c'est marché.

Se garer, décharger le barnum, la table, la vitrine, brancher la rallonge, installer les ardoises, la caisse, le présentoir, les bocaux, le cahier, le stylo, la calculatrice, la trancheuse, le papier, le scotch, les glacières, les commandes, garer le camion, revenir, être prêt, bonjour, et avec ceci ? ce sera tout ? le calcul, la monnaie, bonne journée, c'est à qui ? sois avenante, prends des nouvelles, pas trop, les autres attendent.

Cet ultime maillon de la chaîne qu'est le marché est censé être le moment de récompense, de partage, de plaisir, de convivialité, le climax professionnel qui donne son sens à tout le reste. Mais Noémie a le trac, et il ne disparaît pas en montant sur scène.

Au premier marché bio à Auch, elle n'a amené que des œufs. En installant son stand minimaliste et en posant la production de ses poules sur la table, un sentiment d'imposture l'envahit. Elle se sent comme la petite néorurale ignorante qui joue à la paysanne et à la marchande. Elle ne sait pas comment se tenir, pas quoi faire de son corps dans cet environnement étranger. Les vrais producteurs, pense-t-elle, sont installés autour, avec leurs stands bien organisés, confortablement emmitouflés dans leurs habitudes et leur réputation.

Les premiers clients arrivent, passent devant Noémie, toisent son stand d'un œil distrait, le temps que l'information « il y a des œufs sur le marché, maintenant » fasse le trajet jusqu'à leur esprit vagabond. Elle se demande quelle attitude adopter : soutenir les regards en essayant de sourire des yeux, sans avoir l'air gênée, sans implorer de venir à son stand, ou faire mine d'être occupée, au risque que les gens pensent qu'elle n'est pas disponible ? Est-ce que ça change quelque chose ? S'ils ont besoin d'œufs, ils les prendront, non ? Une femme se dirige vers elle, mais Noémie s'aperçoit au dernier moment qu'elle visait l'étal de son voisin, faux espoir. Elle comprend alors qu'elle a beaucoup plus que des œufs sur la table. C'est toute sa vie, ses choix, ses tripes, ses larmes, le travail de son corps, sa fatigue, tout son temps. Ce dont elle a besoin, tout de suite, ce n'est pas de vendre six œufs, c'est que quelqu'un lui prouve qu'elle ne s'est pas trompée, qu'elle est utile aux autres, à la société, que par conséquent son travail a un sens. Elle a besoin d'une validation.

Une cliente arrive enfin. Elle constate que les œufs sont exposés dans les alvéoles en plastique bleu dont s'est équipée Noémie pour des raisons pratiques. — Ce ne sont pas des œufs industriels ? Noémie encaisse le coup. L'image que ses œufs renvoient à cette dame, et potentiellement à tous les clients, la terrifie. Elle se retient de montrer la moindre émotion. — Non, pas du tout, se justifie-t-elle. — Vous avez combien de poules ? demande la cliente. — Euh… deux cent quarante environ. — Ah quand même !

Non, c'est très peu, pense Noémie. Les œufs de supermarché viennent d'élevages de dizaines de milliers de pondeuses, en cage ou sur le sol d'un hangar dans le meilleur des cas. Elle est désarçonnée. La cliente prend six œufs et s'en va. Un autre client trouve que les œufs sont petits. Vlan. Elle explique que c'est parce que les poules sont jeunes.

La relation marchande la met mal à l'aise. C'est comme si l'échange monétaire exemptait de rapports sociaux normaux, empathiques. Derrière le prix, il y a cette idée que « j'ai payé, donc je ne dois plus rien, on est quittes ». La politesse élémentaire. Noémie doit accepter de demander de l'argent, c'est-à-dire de considérer que son travail vaut quelque chose et l'évaluer. Heureusement, il y a le prix du marché comme référence. Mais est-ce que ce prix reflète les coûts de production réels, l'investissement, la différence d'amortissement entre un producteur qui vient de s'installer et quelqu'un qui commercialise depuis vingt ans, le prix du foncier qui augmente ? Faisons simple. À chaque marché, les exposants s'exposent, prennent le risque de ne pas vendre assez, de rentrer bredouilles avec leur marchandise sur les bras. Si c'est le cas, c'est leur revenu qui trinque, le risque est pour eux. Noémie se demande si les clients perçoivent cette inquiétude au fond de son œil. Elle se demande s'ils se rendent compte du confort que c'est d'avoir un salaire et un temps de travail fixe, garanti, des congés payés.

Quand elle rentre des trois jours de marathon de la découpe et du marché, elle tombe dans le canapé sans plus répondre de rien. Elle me dit souvent qu'elle est diffractée. J'ai regardé la définition. La diffraction est la transformation des ondes qui rencontrent un obstacle. Sa lumière devient diffuse, se décompose, finit par se perdre. Noémie s'éteint. Elle a besoin de plusieurs jours pour s'en remettre. Le premier, ce n'est même pas du repos, c'est de la réanimation.

17 janvier 2021

Semaine de gel. Je travaille sans répit. Mes tuyaux n'étaient pas prêts pour les grands froids, et ils restent parfois gelés jusqu'à seize heures. J'apporte l'eau à la main depuis la maison de Catherine. Deux truies ont mis bas la semaine dernière. Paillette a fait ses petits sous les flocons, chaude quiétude au milieu du givre, moment de poésie avant de retourner dans le froid. Sensation de tirer sur la corde. Une journée de repos aurait été bienvenue, mais pas de chance je suis seule. Il fait aussi froid que dans l'hostile salle d'étiquetage de la CUMA et ses zéro degré. Je resterais bien au chaud, mais je n'ai pas le choix. L'hiver, il y a beaucoup plus de paille à donner aux cochons, parce qu'ils sortent moins dans leur parc et qu'ils souillent leur litière. Quand le niveau du fumier monte dans les courettes, les cochons sautent par-dessus les barrières, dégomment les seaux de grain, vont vers la route. Et si je ne suis pas là pour les ramener ? Bref, besoin de défumer. Je suis dépendante de plusieurs machines, de plusieurs personnes, ce qui rend ce chantier particulièrement lourd et pénible à organiser : la pelle du magasin de location, le tracteur de la bergerie avec le godet grappin, le gros tracteur de Catherine avec la benne derrière. Autre impératif : le beau temps. Il faut qu'il fasse beau, que le sol soit sec pour aller décharger le fumier au champ, sinon le tracteur va creuser des ornières ou patiner. Pluie torrentielle annoncée pendant dix jours, puis découpe, et ensuite le sol sera mouillé pendant des semaines. Seule solution, donc, le défumage manuel. Ça va être lourd, ça va être long et ça va demander beaucoup d'énergie sur une semaine de découpe où on aurait plutôt besoin de repos. J'accueille deux stagiaires. J'espère qu'ils sont musclés, valeureux, parce qu'on va devoir se péter le dos à coups de fourche.

19 février 2021

Les stagiaires étaient humainement durs à gérer, toujours sûrs de savoir mieux que moi. J'ai la sensation d'être constamment sous l'eau, en retard, de ne pas être capable de répondre aux sollicitations. Et la boue, la boue, la boue, sous un soleil absent. Ciel gris, bas et lourd, comme le moral. Et le travail sur les chiffres me donne le tournis et met un étau autour de ma tête. L'activité marche assez pour payer charges et dettes, mais pas pour me sortir le moindre revenu. Et je vais avoir besoin de me réendetter cette année pour acheter le foncier, les clôtures aux normes de biosécurité. Comment rembourser ces nouveaux prêts ? et comment payer quelqu'un quelques heures par semaine ? Impossible de m'imaginer travailler seule. Lundi, c'était la grosse crise d'angoisse face à la solitude.

L'hiver précédent avait été dur aussi. Le soir, quand elle rentrait à la yourte, elle était vidée, seule face à ses classeurs, ses papiers, ses dossiers qui traînaient. Certains soirs, elle arrivait à les ignorer, d'autres, elle n'en décrochait pas. La nuit, elle entendait les cochons se chamailler. Ils la réveillaient, la rappelaient à ce qu'elle devait impérativement faire, sans en avoir eu le temps. Pourtant il fallait dormir, pour être en forme le lendemain, pour être efficace. Mais les questions dansaient. Parfois, Noémie était tellement au bout du rouleau qu'elle se mettait à pleurer. Elle s'était résolue à appeler à l'aide.

Les agriculteurs sont la catégorie socioprofessionnelle la plus exposée au risque de suicide. En moyenne, un tous les deux jours en France. Alors, la Mutualité sociale agricole, caisse de sécurité sociale des agriculteurs, propose deux services : une ligne d'écoute téléphonique disponible vingt-quatre heures sur vingt-quatre pour les situations de grande détresse et une cellule de prévention mal-être. C'est à la seconde que Noémie s'était adressée. Elle avait obtenu le déblocage d'une aide au répit, c'est-à-dire un remplaçant pendant cinquante-six heures sur la ferme. Elle était passée chez le psy de la cellule. Elle lui avait parlé de ses angoisses au marché, de sa fatigue, de son impression de ne plus avoir aucune vie à côté, de perdre son âme. De ses conseils, elle avait retenu que c'était à elle de fixer son offre, en fonction de ses capacités, pas à ses clients. Il fallait tenir compte de ses limites pour continuer sans se cramer.

Famille

Couper avec la ferme. C'est vital. Il faut trouver le moyen de débrancher. Quitter la ferme, physiquement, pour pouvoir continuer. Garder la yourte comme un bureau, un logement d'appoint, mais vivre ailleurs pour retrouver la joie, parler et penser à autre chose que l'agriculture, l'élevage, respirer, à tout prix. À l'approche du troisième hiver, Noémie passe à l'acte. Elle consigne la décision dans son carnet.

14 novembre 2020

Sur un coup de tête, je décide de partir vivre en coloc à Auch avec des gens que je connais peu, mais dont je soupçonne un immense réservoir de tendresse, d'amour, de drôlerie. Finies la solitude froide de la yourte en hiver, l'énergie dépensée à se chauffer. Besoin de confort, de chaleur. Chaleur de chaudière et chaleur humaine.
Colocataires : Nadia, la fidèle et douce amie journaliste, avec tout son monde créatif et culturel ; Rémi, antilope ou dauphin, hyperactif aux mille projets, des convictions

jusqu'aux tripes et une intensité de vie de feu ; Nico, dont la dureté de façade cache une générosité immense et immédiate ; Lisa, la paisible et imperturbable femme koala de la tribu, qui rayonne d'un amour stable et pétillant. Les liens qui se créent sont forts, entiers. Mi-décembre, la coloc irradie, les autres, nous-mêmes.

La coloc est la première maison derrière le panneau « Auch », traduit « Aush » en occitan. Construite de parpaings et de briques, couverte de crépi, percée de fenêtres à double vitrage blanches en plastique. Rien de spécial, a priori. C'est une impasse avec d'autres pavillons. Il y a des statuettes de lion sur le portail du voisin, qui passe une partie de sa journée à la fenêtre. Dans le jardin de la coloc, quelques carrés de potager s'enherbent et des bancs en palettes prennent la pluie. Tous les jours, ils reçoivent la visite d'un grand chien maigre à la démarche bancale. C'est peut-être un braque français, un chien de chasse, mais il se comporte comme une proie. Je soupçonne qu'il a été battu. Il regarde si les colocs ne lui ont pas laissé un bocal à lécher avec quelques restes. Il approche toujours à tâtons, furtivement, comme si le bocal pouvait exploser, et se carapate au premier imprévu. C'est Chienfou. On rentre dans la maison par la baie vitrée de la cuisine. L'intérieur est fidèle au dehors : carrelage, papier peint, bibliothèque Ikea. Il y a quelque chose de familier, de douillet. Une affiche de campagne de Chirac, un portrait présidentiel de Giscard et d'autres bibelots trahissent un penchant pour l'humour décoratif. Sur le frigo, il y a une photo des quatre colocs déguisés avec un fond kitchissime. Délirants et heureux. Noémie me lit un extrait de son carnet.

22 novembre 2021

Lisa a eu envie de m'accompagner au marché. Elle relève tous les défis, la cadence, le contact humain, trancher, peser, compter, servir, expliquer. Heureusement qu'elle était là. Rémi passe nous voir par surprise et s'expose à nos assauts de tendresse en public. À la fin, on improvise un pique-nique à trois sur les marches de la halle. Moment suspendu, petit bonheur flottant sur la vague du marché. C'est marée basse, l'adrénaline retombe, mais pas de trêve : il faut remballer, retourner à la ferme, décharger, vérifier les animaux, puis livrer une boutique à Auch. Deux heures plus tard, ça y est. Répit. Soleil. S'écrouler dans l'herbe. Savourer les paupières qui se ferment, le soleil qui les chauffe et rayonne sur les pupilles. Lisa revient avec un recueil et se met à lire au hasard des poèmes des Contemplations, de Victor Hugo. On voyage sur les mots...

Nous sommes le regard et le rayonnement ;
Le sourire de l'aube et l'odeur de la rose,
C'est nous ; l'astre est le nid où notre aile se pose ;
Nous avons l'infini pour sphère et pour milieu,
L'éternité pour l'âge ; et, notre amour, c'est Dieu.

Au volant de la fourgonnette, Noémie m'explique que l'amour qu'elle trouvait à la coloc avait réduit sa dépendance au couple, qui est souvent la base sociale des installations agricoles. En quittant l'Angleterre, elle pensait que Ray la rejoindrait et qu'ils créeraient une ferme ensemble, mais l'élevage de cochons n'était pas le projet de Ray, et elle ne voulait pas être responsable de son bonheur en lui imposant son choix. Noémie a repensé à s'installer en couple en arrivant dans le Gers, jusqu'à trouver assez d'affection et d'amour dans sa famille d'adoption.

15 décembre 2020

Ici, dès que le soleil sort, tout le monde vit dehors. Les places de marché, les terrasses, les prairies, les lacs sont nos alibis pour embrasser les humains qu'on aime et la nature qui nous parle. Vibrer comme un. Vibrer comme dix, comme ce vendredi.
Au retour de la CUMA, la soirée s'annonçait calme parce que le réveil pour le marché était réglé sur cinq heures du matin. Nous avons quand même voulu mettre en pratique le cours de dégustation de notre ami vigneron. Notre tablée s'est illuminée d'armagnacs ambrés et précieux : 1993, 94, 95, 96, 97, 98. Lucas est là, première fois dans le Gers, il y a aussi Nico, Rémi, Lisa et son ami de passage. La cuisine rit, la musique danse, la nuit fait des miracles. Bacchus catalyse la joie.
Coucher trois heures. Lever deux heures plus tard. L'adrénaline du marché nous fait tenir, trop heureux de voir nos clients. On plane un peu, ça les amuse. À un moment, Lucas tombe en panne, marque un temps avant

de reprendre ses esprits et ce qu'il était en train de faire. Je crois qu'il a fait un peu peur à un client. Hilarité générale. Le travail agricole est sublimé dans le partage, dans cette sensation de tisser une brillante tresse humaine avec les fils chamarrés de la nature.

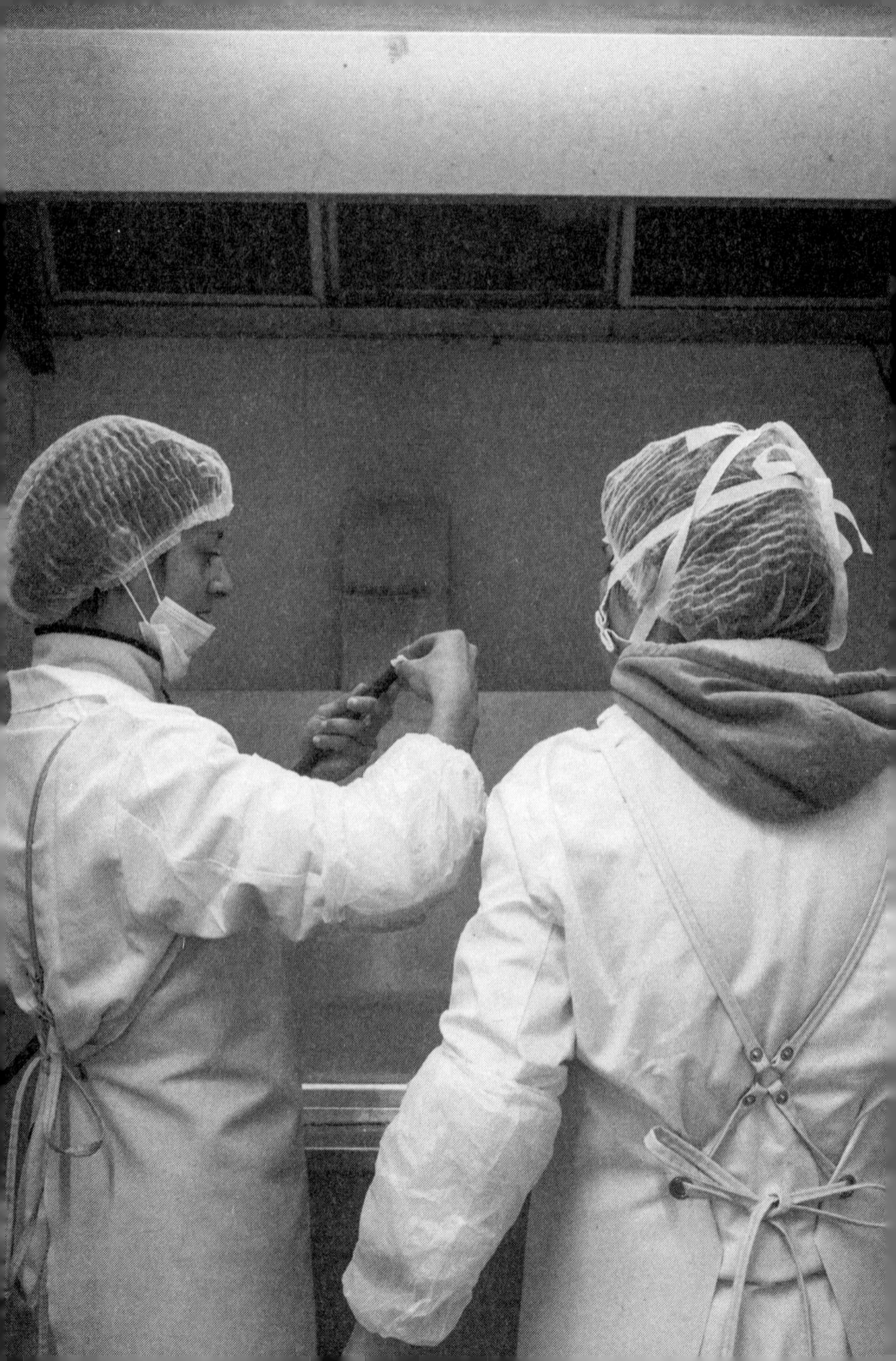

Chloé

« Un sourire au milieu de la boue », a dit Noémie pour me décrire l'arrivée de Chloé début 2020. Elle débarque un lendemain de cuite à la yourte, pour prendre un café. Elles rigolent bien. Chloé est ingénieure, la trentaine, très vive, jeune maman. Elle connaît Les Bourdets par son copain, qui est un ami de Tom. Depuis quelque temps, elle sent qu'elle tourne en rond dans son bureau et elle se mettrait bien de la terre sous les ongles. Quand elle a entendu que Noémie cherchait une associée, elle lui a proposé de venir régulièrement filer des coups de main pour se former à l'élevage.

Quand Chloé découpe, elle prend du plaisir, soigne la viande, s'applique. Noémie aime son contact avec les animaux aussi, plein de douceur. Après neuf mois de coups de main hebdomadaires, Chloé décide de venir à plein temps à la ferme en septembre. Elles s'arrangent pour se libérer des week-ends, se remplacer. Avec deux enfants et un mari qui lance une entreprise, Chloé a besoin d'un salaire. Elles signent un contrat d'essai, financé par le département : un an à temps plein. Noémie souffle, même si elle assume toujours la majorité des responsabilités.

Mais, au deuxième confinement, tout éclate. Inquiète face à la pandémie de Covid, Chloé décide de rester à l'écart du collectif. Elle déjeune seule à la yourte ou dans sa voiture. Tout le monde comprend. Un jour, peu avant les fêtes, une personne de la ferme, pourtant peu présente, est testée positive, Chloé fulmine.

5 janvier 2021

D'un coup, elle abandonne le marché du lendemain. Je me retrouve à organiser un remplacement avec Lucas et sa voiture de location pour tout acheminer. Elle décrète qu'elle ne peut pas venir à la ferme les jours suivants, me laissant enchaîner ce qui, d'après nos discussions, est trop éprouvant pour une personne : découpe, marché, animaux, sans aucun répit. Elle m'écrit qu'elle regrette d'être venue travailler ces derniers mois, qu'elle a pris des risques à cause du collectif.

Comment passe-t-on, en un claquement de doigts, d'une semaine de joie, de rires, à l'amertume et à l'envie de tout plaquer ? Qu'en sera-t-il si un jour une telle réaction se déclenche sur un sujet autrement plus clivant pour le projet agricole, comme la gestion du foncier, les investissements conséquents, le partage du revenu ? Et si demain nous avons besoin de faire de sérieux sacrifices pour faire survivre l'entreprise ? Tout peut couler à tout moment, même avec des produits délicieux. Tempête, aléas climatiques, coût des

matières premières, zoonose, durcissement administratif, mise aux normes... Notre équilibre est fragile, et l'entreprise devra s'adapter, prendre des risques, nous devrons travailler plus dur encore sans garantie de revenu.
Avant de se payer soi-même, il y a les prestataires, la banque, les salariés, les fournisseurs, la CUMA. Après seulement, on pense à soi. Mais comment travailler plus pour se tirer deux revenus complets ? Et la répartition du revenu, si la charge de travail fournie n'est pas la même ? Pour le moment, on en est loin : je découpe deux épaules pendant que Chloé en fait une. Notre équilibre économique et notre équilibre personnel tiennent à ça : une heure de trop sur un rôti, c'est une heure de moins chez soi pour ce repos réparateur dont nous avons tant besoin.
Il faudra reparler calmement de l'émotionnel, j'ai envie de lui dire : « Chloé, pour moi, travailler ensemble ces derniers mois, c'était de la joie. Entendre qu'en face le sentiment final c'est du regret d'être venue, ça me fout un coup. Pour moi, c'est brutal. » Je ne suis pas prête à entendre des jugements sur mes valeurs qui seraient dénuées d'attention aux autres parce que je choisis de manger le midi avec mes collègues sur la ferme. Tout mon projet, mon choix de vie, de production, découle de valeurs fortes et radicales : apporter une nourriture saine et éthique aux gens qui m'entourent, une alternative exigeante à la tendance générale qui est de bouffer de la merde. C'est comme ça que je prends soin des gens qui m'entourent, de notre environnement commun. J'y mets toute mon énergie, toute mon âme.

Finalement, Chloé a repris un travail à Toulouse.

Merveille

Depuis quelques jours, Merveille boite. Aujourd'hui, elle est allongée, immobile, au milieu du parcours, elle ne peut plus bouger. Elle n'a rien perdu de son affection, mais son corps ne suit plus. Noémie décale la découpe et se met en quête d'anti-inflammatoires pour soulager sa truie. Avec l'aide d'une stagiaire, elle parvient à l'accompagner jusqu'à la cabane pour la mettre à l'abri du soleil. Elle est pleine et doit mettre bas une semaine plus tard. Le véto passe, rupture du col du fémur. Elle ne s'en remettra pas. Noémie est sidérée. Elle va devoir euthanasier sa truie préférée. Elle n'est pas si vieille, pourtant. Merveille, année des M, 2016 : elle a cinq ans. Généralement, les truies sont réformées vers six ans, mais Noémie avait prévu de ne jamais tuer Merveille et de lui offrir une retraite à la ferme, d'en faire une truie de compagnie.

Malgré son handicap, le nid est soigné, comme toujours, ses mamelles sont bien gonflées. Merveille met aux monde sept merveilles, en pleine forme. Leur père, c'est Nougat, l'autre favori de l'élevage. Ces sept petits, Noémie compte les bichonner, parce qu'elle tient à leur patrimoine génétique. Certains deviendront des reproducteurs. Noémie installe la lampe infrarouge pour les petits et laisse la famille tranquille dans la cabane. Quand elle referme la porte, elle sait qu'elle devra faire adopter les petits par une autre truie une fois qu'ils auront bu le colostrum des premiers jours, et dire adieu à Merveille.

Merveille souffre, et Noémie est une éleveuse. Elle a le devoir d'abréger les souffrances de ses animaux si elle ne peut pas les soigner. C'est la base. Elle sait ce qui l'attend, et elle a un pincement au cœur chaque fois qu'elle passe devant la cabane numéro huit.

Et puis, c'est l'heure de la tragédie grecque. Elle va chercher le matador à l'atelier. Ce qu'elle cherche sur les étagères en métal, c'est son courage. Elle essaie de penser le moins possible. Elle sort le pistolet d'abattage de son carton, ce cylindre lourd et froid qui ressemble à un gros sabre laser. Marche funèbre jusqu'à la cabane numéro huit : Noémie tient la bride courte à ses émotions. Ce n'est pas le moment de faiblir. L'enjeu est de limiter la souffrance, de réussir le geste technique, c'est-à-dire d'atteindre le cervelet pour assommer l'animal. Sur une bête adulte, il faut viser entre les deux yeux, c'est au millimètre près. Noémie pense à son amie éleveuse, traumatisée d'avoir manqué son coup, qui avait fini par demander l'aide des chasseurs. Elle introduit la cartouche d'air comprimé dans son compartiment et entre dans la cabane. Le monde alentour n'existe plus. Merveille répond à son prénom. Noémie s'agenouille, pose la main sur sa truie, la regarde avec une intensité profonde, lui adresse quelques mots. Elle arme le matador, le place sur le front entre les oreilles, inspire et appuie. Le coup part dans un grand bruit d'arme à feu, la tige métallique s'enfonce dans la tête de la truie et revient dans le canon une fraction de seconde plus tard. Au lieu de s'immobiliser, Merveille hurle de douleur et de rage. Noémie a manqué son coup, la trahison est révélée. Noémie a envie de disparaître.

La truie ne se laisse plus approcher. Elle qui demandait des caresses grogne et fuit Noémie. Quelques jours plus tard, munie d'un calmant prescrit par le vétérinaire, Noémie prend son courage à deux mains et retente l'opération. Le produit agit. Merveille se sent partir, résiste, puis semble enfin plongée dans une profonde léthargie. Noémie s'approche. Quand elle arme le pistolet, la truie reconnaît le son. Elle comprend pourquoi l'éleveuse est là, sort violemment de sa torpeur, gémit. Elle tente de se relever, tape contre la porte pour tenter de s'échapper. Il n'y a rien à faire. Quelques longues minutes plus tard, la truie consacre ses dernières forces à se mouvoir encore, pareille à un vieux pachyderme blessé qui a perdu son combat, puis elle finit par capituler de toute sa masse. Cette fois, elle semble bien endormie.

Noémie attache ses deux grandes oreilles avec un tendeur pour dégager le front. Arme le pistolet sans susciter de réaction, le positionne, tire. C'est bon. En pressant la détente, ce sont toutes les émotions retenues qu'elle déclenche. Elle éclate en sanglots au milieu de la cabane et de la paille, la main contre le corps encore chaud de sa truie, sentant ses dernières convulsions et les ultimes battements de son cœur. Elle reste à côté assez longtemps, prenant le temps de vivre la mort par respect pour Merveille. Elle sent qu'il faut être là, juste là. Puis, pour finaliser la mise à mort, d'un geste franc elle lui tranche la gorge. Sur son carnet d'élevage, elle inscrit la date du décès et laisse une épitaphe dans la colonne « commentaire » : rupture du col du fémur, repose en paix Merveille, la plus belle des truies.

La semaine qui suit, Noémie est à fleur de peau. Il suffit qu'elle note le nom de sa truie dans le carnet d'équarrissage ou qu'un souvenir lui revienne le soir, dans son lit, pour que des larmes perlent sur ses joues. Ce qui l'aide, c'est d'en parler aux autres éleveurs, il n'y a qu'eux qui comprennent. Quand elle lui raconte pour Merveille, l'expression de Hans se transforme. C'est le doyen de la CUMA, il a une grande barbe grise et des yeux très bleus, on dirait le père Noël. Il lui a raconté sa douleur au décès de son reproducteur préféré, la relation de confiance qui existait, l'attachement. Peut-être même que c'était de l'amour. Avec toute son expérience, il lui dit qu'on ne s'en remet jamais vraiment.

Les reproducteurs sont les truies et les verrats que les éleveurs gardent pour les naissances. Chez Noémie, ces animaux ont des prénoms et un traitement particulier. Elle leur consacre plus de temps et d'attention, parce qu'elle travaille avec eux et que la confiance compte. Les autres cochons sont à l'engraissement. Ils sont élevés, nourris, entraînés à monter dans la bétaillère, mais ça s'arrête là. À l'issue de douze à quatorze mois, ils partent pour l'abattoir.

Pour moi, ce sont tous des cochons : même queue, mêmes soies, mêmes yeux et mêmes grandes oreilles qui leur tombent devant. Je ne fais pas de différence. Ma première réaction a donc été de trouver les éleveurs un brin schizophrènes : un chagrin immense à la mort des cochons des cabanes du fond et un apparent détachement quand il s'agit d'envoyer ceux des premières cabanes à la mort toutes les trois semaines. Comme si la vie des uns comptait plus que celle des autres. Mais peut-être que cette distinction intellectuelle entre les animaux reproducteurs et ceux qui sont à l'engraissement est nécessaire pour faire ce métier, pour se faire une raison, pour s'endurcir le cœur.

Noémie n'a pas complètement fait le deuil de Merveille que déjà elle doit se replonger dans les chiffres, travailler sur le prévisionnel, adapter sa charge de travail pour faire face au départ de Chloé et pouvoir tenir la ferme seule, sans se laisser déborder : réduire, recentrer, concentrer. Elle s'installe à son bureau avec un thé et ouvre le tableur. Elle saisit les derniers chiffres, vérifie la formule et découvre le résultat. Il s'affiche en rouge. Les cochons ne sont toujours pas rentables, malgré le succès des produits. Le chiffre d'affaires est plombé par quelques ratés de transformation, un lot de boudins noirs et un de saucisses sèches, par le remplacement de la fourgonnette et d'autres dépenses imprévues. Les poules, elles, rapportent. Le profit n'est pas énorme, mais il existe. Pourtant, Noémie compte arrêter les poules pour alléger la charge de travail.

En un an, elle a pris une semaine de vacances. À trente ans, elle dépend de l'aide de ses parents pour les mois difficiles. Elle finit par se demander si tout ça a un sens, si elle n'est pas en train de se tuer à la tâche inutilement, de s'acharner. Elle est retournée à la terre, mais la terre s'est transformée en boue, la nature dont elle rêvait se révèle hostile et, cet hiver encore, la ferme manque cruellement de cette beauté qui donne son sens aux choses.

Quand elle a décidé de s'installer aux Bourdets, Noémie ne voulait pas bâtir en dur : elle a fabriqué un poulailler mobile, une yourte et des cabanes à cochons démontables. Elle s'est endettée sur neuf ans seulement, se disant que si elle entendait à nouveau l'appel du large, si la vie faisait que, elle avait une porte de sortie. Même si c'était beaucoup de travail de tout déplacer, ça restait possible. Elle pouvait toujours partir, arrêter, refaire sa vie.

Du poil de la bête

Heureusement, un miracle se produit chaque année pour Noémie : le printemps.

30 mars 2021

Je redécouvre la liberté de cette vie au grand air, dans cette nature qui renaît de l'hiver. Les premiers gazouillis des oiseaux, une heure avant l'aube, qui chantent le grand recommencement. Les premières fleurs et le paysage qui chaque jour ajoute à sa palette de nouvelles teintes de poésie.
Blanc. Les pruniers, les premiers, avec leur couronne de neige printanière, sentinelles sauvages du renouveau. Jaune. Les mimosas, généreux, touffus, criards de vie, affriolants, le soleil brillant dans chacune de leurs branches. Rose tendre des fleurs de pêcher, au délicat contour, noir pistil au cœur, anonymes dentellières de la nature. Vert, comme les bourgeons des poiriers, précieuses gemmes dans leur écrin de duvet.
Au printemps dernier, pour la première fois, j'ai semé du maïs rouge d'Astarac, une variété locale. Je vais le

chercher chez Jacques et Françoise, deux paysans à l'ancienne, cocasses et bricoleurs. Une copine m'accompagne. Nous revenons, le semoir posé sur palettes, sanglé comme un rôti de Pâques. Guy avait sorti l'alcool de pissenlit et versé la joie dans les verres. On a ri, parlé de nos champs et de nos convictions, et je me suis dit que le sens de la vie se cachait dans ces moments-là. J'aime côtoyer les autres agriculteurs. J'aime leur ancrage et leur connaissance du vivant.

À mesure que je progresse dans le champ, je repense à un texte féministe que j'ai lu sur la distinction genrée des métiers agricoles : la femme assignée aux petits animaux, aux légumes, à l'accompagnement et aux métiers du soin ; l'homme, aux commandes des machines avec lesquelles il peut pénétrer le sol et ensemencer la terre. Sur mon minuscule tracteur, les socs saillants, j'ouvre la terre et je ris de ce sentiment de puissance. Je ressens surtout la beauté de cet acte millénaire. Semer matérialise la victoire de la vie sur la nuit.

Les parents de Noémie sont venus passer un mois dans le Gers en avril, et ce matin sa mère l'aide à ranger l'atelier. Elles sont dans leurs pensées et parlent peu. Leur silence est parfois interrompu par le moteur du frigo. D'un coup, sa mère prend une inspiration et se lance : « Bon, je vais mettre les pieds dans le plat, mais il faut que je te le demande : est-ce que tu es sûre de vouloir continuer ce que tu fais ? Est-ce que ça te plaît ? Est-ce que ton bonheur est ici ? » Noémie s'arrête une seconde, touchée par la préoccupation maternelle. Cette question, elle la retourne dans sa tête depuis des mois. Elle concède à sa mère la dureté du travail en hiver, mais il ne faut pas pour autant occulter les joies et les richesses, l'indépendance, les liens humains, la qualité de l'alimentation et de la vie en général. Noémie ne se verrait nulle part ailleurs. Il faut juste qu'elle trouve la bonne formule pour que ça marche. Elle persévère, elle tient le bon bout.

Madame vingt sur vingt, c'est du passé. Le métier d'éleveuse consiste à manquer de temps, à jongler avec les priorités, à arbitrer entre les urgences, à gérer les imprévus, à faire au mieux. Et ce métier, il rentre. Noémie commence à trouver son rythme. Elle a annoncé aux clients qu'elle arrêtait les œufs et qu'elle ne serait plus sur le marché qu'une semaine sur trois quand elle aurait vraiment de la marchandise. Elle trouve son équilibre. À la CUMA, il lui arrive même de vivre de grands moments de bonheur, comme la nuit des jarrets.

Elle est arrivée à Seissan vers vingt et une heures. Quelques éleveurs sont encore là. Il y a déjà plus de place pour travailler, plus de calme. À minuit, les derniers sont sur le départ. Les veilleurs ouvrent une bouteille de rouge et sortent un saucisson du séchoir pour un apéro dans la salle de pause, sous une des seules ampoules brillant encore dans la nuit de la zone artisanale. Puis les phares s'allument et la dernière voiture disparaît au coin de la rue.

Noémie est seule. Elle regarde la salle, blafarde et froide. Maintenant, c'est son cocon. Elle branche son enceinte et lance sa playlist « ménage », celle de l'ambiance, des musiques cubaines, des classiques d'Ennio Morricone, des hits efficaces de Stevie Wonder. Noémie a allumé la grosse marmite et fait fondre du saindoux. Elle s'étale, comme une dormeuse en étoile dans un lit double. Ses bocaux recouvrent toute la table en Inox, laissée en plein passage dans un plaisir transgressif. Elle occupe deux autres tables de découpe avec ses bacs et ses morceaux de couenne, qu'elle tranche dans une ambiance de Far West avant de les déposer dans les bocaux. Superstition : elle chante, mal peut-être, mais elle est seule, alors qu'importe. Elle est libre, elle est bien, le temps s'est arrêté. Ce que l'horloge affiche est abstrait, il n'est plus aucune heure. Elle plane, il y a juste ces bocaux qui se remplissent, cette musique qui résonne entre les murs lessivables. Vers quatre heures, Noémie commence à sentir son corps peser. Vers cinq heures, après le nettoyage, ça pique, mais elle ne retiendra que ce moment suspendu et magnifique où elle avait le monde pour elle, en tête à tête avec son métier. C'était la même nuit blanche que celle du boulanger ou de l'éleveur au vêlage.

La CUMA, c'est aussi le moment de sublimer quatorze mois de travail avec un animal. Ce sont des heures de grande intensité, de concentration. Le mot de Noémie, c'est « carré ». Elle prend un certain plaisir à ce que les choses soient de plus en plus « carrées ». Quand elle met la demi-carcasse sur la table, elle ne sait pas toujours ce qu'elle va découper. En voyant l'échine, elle peut décider de faire des rôtis, des côtes, du sauté ou de la coppa. Elle me dit, avec son air enchanté, que c'est un moment de grande créativité.

Racines

C’est le grand jour, la plantation d’arbres. Ce chantier, Noémie y pensait chaque fois qu’elle regardait la colline. Elle a envoyé quelques mails, quelques SMS, et vingt-cinq personnes ont confirmé, c’était fou. Le raz-de-marée de main-d’œuvre s’accompagne comme d’habitude d’une petite pression : il faut que les gens soient occupés, s’amusent, apprennent. Elle a préparé tout le matériel jusque tard dans la soirée, réfléchi à la logistique, et elle se sent déjà redevable pour l’aide des copains. Il faut qu’elle les gâte.

Le réveil sonne à cinq heures pour faire cuire les gâteaux dans la cuisine de la coloc, puis elle file à la ferme. La yourte est glacée. Elle allume le poêle, installe les viennoiseries, prépare le café. Les silhouettes amicales apparaissent dans la lumière du petit matin, avec leurs bêches et leurs cernes en forme de sourire. Les premiers sont Nico, son coloc, et Leïla, qui travaille avec lui dans l’association dont une des missions est de planter des arbres chez les agriculteurs. Ils ont apporté les mille trois cents plants et superviseront le chantier.

Le briefing est donné sur la crête, après avoir avalé de quoi prendre des forces. Les copains se lancent dans l'ascension de la colline avec leurs outils, comme un petit bataillon de jardiniers. Une rangée avec Leïla, l'autre avec Nico. « On plante serré, tous les mètres. On va déposer les plants à côté des trous. Une personne fait des encoches au couteau dans la bâche. Une personne creuse les trous à la bêche. Deux ou trois personnes mettent le plant en terre, émiettent, rebouchent et tassent. » Et tout le monde s'active, maladroitement au début, à son rythme de croisière au bout de quelques arbres. Quand Noémie a terminé la préparation du déjeuner, elle court rejoindre les autres. Le chantier avance plus vite que prévu, il fait grand beau. Elle intègre un groupe de planteurs. C'est rodé. Les actions s'enchaînent sans flottement, les mouvements sont répétitifs, comme dans une salle de sport. Les corps sont occupés, mais les esprits sont libres. Tous discutent dans la bonne humeur.

Noémie pense à chaque arbre qui grandira, à ces mille trois cents plants qui atteindront plusieurs mètres de haut jusqu'à former de belles haies touffues. Ce matin, les humains ont les mains dans le paysage. La colline ne ressemblera plus à ce qu'elle était, elle va devenir ce que Noémie a imaginé. Elle crée la flore, la faune qui en dépend et qui y trouvera refuge. Elle change littéralement son bout de monde, et c'est grisant.

À treize heures, le chantier est bien avancé. La pause est criée, le barbecue s'enflamme et se couvre bientôt de saucisses maison. C'est hot-dog fermier au menu. La salade vient des maraîchers des Bourdets, le pain, du pote paysan boulanger, et les bières, du copain brasseur. C'est un festin, savouré dans l'herbe au soleil, suivi d'une sieste bienheureuse. Cet instant bucolique semble balayer la dureté de l'hiver qui touche à sa fin. Comme il reste quelques arbres à planter, les volontaires s'y remettent après le café. Noémie a sorti le système son devant la yourte, poussé le volume à la limite du crachotement, et toute la parcelle écoute Céline Dion. C'est improbable. Tout ce qu'elle aime.

Aujourd'hui, ce ne sont pas seulement les racines des plants qui sont mises en terre, ce sont celles de Noémie. Ces arbres, elle voudra les voir grandir, en récolter les fruits et en sentir les fleurs. Il faudra qu'elle soit patiente, parce que le temps des arbres est plus long que celui des humains. Ce paysage, il lui survivra. Elle ne plante pas que pour elle, elle plante pour les suivants. Dans le jargon agricole, on ne dit pas « vendre » une ferme, on dit « transmettre ».

La beauté qui semblait faire défaut à sa parcelle, Noémie comprend qu'elle peut la créer si elle veut. Quand viendront les beaux jours, elle réorganisera des projections de films en plein air pour continuer à peupler son terrain de copains et d'étoiles. Bientôt, les troncs chétifs bourgeonneront de promesses. Un rêve est planté, celui de voir les cochons pâturer gaiement entre des haies touffues et de regarder pousser toute cette beauté depuis la crête.

Le syndrome de Pocahontas

Lucas est reparti à Paris fin février. Noémie m'a envoyé un enregistrement avec son téléphone. C'est une habitude qu'on a prise pour prolonger le reportage quand je suis absent. Outre l'habituel bruit de fond du moteur de la fourgonnette, je décèle une fébrilité dans sa voix, elle est à fleur de peau. Cette fois-ci, Lucas est resté trois semaines. Elle lui a ouvert sa vie, elle a tout partagé, ils ont encore passé des moments qu'elle a trouvé d'une rare intensité : amitié, rire, régal, ivresse, tendresse. Elle pensait pouvoir vivre tout ça avec légèreté et détachement, comme lui, mais elle s'est fait rattraper.

Il est parti sans retour prévu. Aux dernières nouvelles, il est heureux de reprendre sa vie à Paris, heureux que les cafés aient rouvert leurs terrasses, que son boulot reprenne. Il a envoyé le SMS qui dit merci, c'était chouette. Chacun sa vie. Celle de Noémie est ici, elle ne serait pas elle-même ailleurs, mais elle ressasse.

Elle se demande comment les copains peuvent venir la voir, s'impliquer pleinement avec elle dans les coulisses de la production, rencontrer les animaux, les paysans, faire le marché, voir les vies qui sont derrière les produits, pour finalement reprendre leur mode de consommation urbain comme si rien ne s'était passé.

Le soir, elle m'envoie un dernier enregistrement. Elle s'excuse d'être partie dans tous les sens. En parlant avec sa coloc Nadia, elle a affiné son diagnostic : syndrome de Pocahontas.

Rappel : John Smith, beau colon anglais blond aux yeux bleus, plein de privilèges, débarque sur un territoire sauvage et magnifique, où il va découvrir avec une belle Indienne le rapport à la nature, aux éléments, aux animaux, aux plantes. John est *in love,* bouleversé par cette culture étrangère et authentique. Dans ses beaux yeux, on voit qu'il est presque en train de virer anticolonialiste. C'est très beau. Le problème, c'est qu'après il repart à Londres et plante Pocahontas et ses longs cheveux noirs. Noémie analyse : « Ce n'est pas lui qui va tout plaquer pour venir vivre ce conte de fées en Amérique, malgré la beauté de la nature et l'intensité des moments vécus. Il reste chez lui, parmi les siens — solidaire des massacreurs d'Indiens —, parce que c'est sa place sociale, sa culture, son identité, son rang. Dans la vraie histoire, Pocahontas finit en bête de foire. C'est con, mais moi j'ai un peu l'impression de ressentir ça. » Le Gers, c'est son Amérique à Noémie.

Les amis viennent et repartent, enchantés avec leur petit pâté, mais qui parmi eux serait prêt à poser ses valises chez grand-mère feuillage ?

Sensible

Nous sommes en décembre 2015. Le Gers n'est encore qu'un département sur la carte de France. Noémie a prévu son départ de Londres pour février prochain, sans nouveau poste à l'horizon. Ce soir, c'est Noël. La mère de Noémie n'a pas utilisé les produits de nettoyage habituels, pourtant elle aime que ce soit impeccable quand elle reçoit. Le wifi est débranché et on a passé en revue tous les appareils problématiques. Les précautions ont été prises pour que ça se passe bien. Quand la famille arrive, tout le monde éteint son téléphone, comme au spectacle. Le sapin est à sa place habituelle, avec ses guirlandes lumineuses et ses petits anges suspendus aux branches, mais la table a été dressée au sous-sol, pour être sûr. C'est plus humide et plus frais mais c'est bien arrangé, alors on trouve ça original et l'attention se redirige vers les flûtes, les toasts et les nouvelles qu'on se donne une ou deux fois l'an. Il y a ceux qui prennent des escargots et ceux dont ce n'est pas trop le truc, celui ou celle qui ressert les verres, au fond desquels un petit objet identifie le propriétaire. La soirée avance et les conversations se réchauffent de quelques décibels.

Soudain, la tête de Noémie se met à tourner. Elle essaie de se ressaisir, se masse les tempes, fixe un point en face d'elle, mais rien n'y fait. Sa mère remarque qu'elle a le visage rouge. C'est la même réaction que d'habitude : des démangeaisons aux yeux, la gorge qui enfle, la respiration plus difficile, et surtout des maux de tête qui s'accentuent en donnant comme de grands coups de masse dans son crâne. Noémie demande si quelqu'un a allumé un téléphone. Tout le monde vérifie. Non. Des hypothèses pleines d'empathie traversent la pièce, vite infirmées. Au bout de quelques minutes, sa sœur réalise qu'elle a allumé un babyphone pour s'assurer que tout va bien à l'étage. Elle l'éteint pour voir. L'étau mental de Noémie semble se desserrer. C'était ça.

Il y a quelques mois, les médecins lui ont diagnostiqué une sensibilité chimique multiple. C'est une de ces pathologies encore méconnues, apparues avec le progrès technique. Les allergologues n'avaient rien détecté, c'est la médecine environnementale qui a eu le fin mot de l'histoire. Les déclencheurs sont nombreux : gluten, lactose, additifs, produits d'entretien, parfums, certaines matières, même. Et les ondes. Cette espèce d'allergie aux produits chimiques, elle voulait bien l'accepter, mais pas les ondes. Au bureau, à Londres, assénée de maux de tête et obligée d'éteindre l'ordinateur pour aller s'allonger dans le noir, elle se disait que c'était la fatigue, pas le wifi, pas la 4G. Les migraines, les troubles cognitifs, les pertes de mémoire ou d'orientation, elle s'y était presque habituée. L'électrosensibilité, elle ne voulait pas en entendre parler. C'était un truc de hippie hypocondriaque antisystème, elle ne voulait pas renvoyer cette image-là. Pourtant, elle a bien été obligée de constater qu'à la ferme dans le pays de Galles, à la campagne en France, loin des ondes, ça allait mieux.

Quand le médecin lui dit qu'elle présente les symptômes d'un pré-alzheimer, elle est presque rassurée que quelqu'un mette un mot sur ce qu'elle vit. Il lui explique qu'à vingt-cinq ans ce n'est pas irréversible, mais que si elle reste dans le même environnement, qui est à l'origine de ces troubles, ils vont perdurer et s'aggraver. Avec les mots d'un médecin, il lui dit que, si elle ne veut pas finir à demi handicapée, il faut qu'elle change de mode de vie, qu'elle aille dans une zone préservée, qu'elle quitte la ville. À ce moment-là, Noémie veut juste que les douleurs s'arrêtent, elle veut retrouver ses facultés essentielles. Elle n'essaie pas de négocier, son corps ne lui laisse pas le choix.

Avant que tout cela n'arrive, elle s'intéressait au bio et à la crise écologique, comme une personne éduquée, un minimum concernée par sa santé et celle du monde. Placée devant sa propre fragilité, elle s'est mise à lire tout ce qu'elle trouvait sur les perturbateurs endocriniens, les pesticides et les produits chimiques, avec l'intuition — jamais démontrable tant la complexité est grande — que ces inventions n'étaient pas sans lien avec ce qui lui arrivait. Leur nocivité était connue, et elle avait la ferme intention de les sortir de sa vie et de celle d'un maximum de personnes.

17 août 2017

Mon problème de santé m'a fait profondément réfléchir aux choses importantes à mes yeux. Je n'ai aucunement failli perdre la vie, mais j'avais commencé à perdre une partie de mes facultés intellectuelles, c'est-à-dire mon humanité, le fondement de ma vie sociale, ma fenêtre sur le monde. Je les ai sentis diminuer, m'échapper, me lâcher, avant que moi-même je ne m'effondre de désespoir lorsque cela m'arrivait. Quel difficile apprentissage que d'accepter les défaillances du corps et de l'esprit. Je vais mieux, et je me surprends à exulter quand pendant une heure ma pensée et ma parole sont enfin fluides, quand la douleur se dissipe. Quelle joie, quel bonheur : faire une phrase sans accrocher, sans confusion, sans avoir oublié ni une idée ni un objet, retrouver la faculté de comprendre immédiatement ce que l'on me dit et retrouver de la répartie en lieu et place de cet affreux brouillard qui d'ordinaire gêne la spontanéité de mes réponses, se place en travers, m'étouffe et m'oblige à froncer les sourcils pour répondre. Ça va mieux, mais chaque jour les défaillances reviennent intempestivement et je bute sur un mot, une réponse, une phrase. Le brouillard se réinstalle d'un coup, souvent accompagné de l'étau douloureux du forgeron autour de ma boîte crânienne. À chaque fois s'impose le défi d'accepter la défaillance et de continuer à parler. Je suis presque sûre que mes interlocuteurs ne voient pas ce qui se passe dans mon crâne. Pour eux, je bute juste sur un mot. En face, je réunis toutes les forces de mon esprit pour essayer de surmonter l'obstacle.

Les symptômes se sont vite résorbés au fil des mois suivant son installation dans le Gers, dans la quasi zone blanche des Bourdets. Le médecin était impressionné, sa mère et sa sœur en ont pleuré de joie. Son cerveau remarchait, elle récupérait ses capacités et comptait bien les mobiliser dans la bataille d'un engagement écologique radical.

Deuxième partie

Un pour cent à peine

Protéines

On m'a envoyé le lien d'un podcast qui s'appelle *les Paradoxes de la viande*[1], sur France Culture. Je l'écoute en coupant des légumes dans ma cuisine. Au début, la parole est donnée à des végétariens, des véganes et des animalistes qui racontent leur coming out culinaire. Ils ont surtout arrêté à cause de la souffrance animale, jugée inutile et insupportable. On entend ensuite une psy qui décortique les imaginaires autour de la viande. Je retiens que sa consommation serait un moyen d'exprimer une domination ou de prouver sa virilité. C'est une hypothèse, je me dis, sans trop savoir quoi en penser. Je n'ai pas l'impression d'être spécialement viril quand je mange du pâté, mais j'imagine que c'est inconscient. Quand le micro passe aux ouvriers des abattoirs, j'interromps la découpe des poireaux et je pose le couteau pour bien écouter leurs témoignages. Ils parlent des conditions physiques sur les chaînes, des différents postes, la mise à mort, la saignée. Ils n'ont pas l'air du genre à se plaindre, mais ils disent que c'est dur, physiquement et moralement, qu'ils ne pourront pas le faire toute leur vie, qu'ils sont cassés quand ils arrêtent. Et puis, forcément, l'émission en vient à L214, cette association de défense des animaux qui s'est fait connaître en filmant dans les abattoirs en caméra cachée. Je sais que beaucoup d'éleveurs sont agacés par leurs vidéos sensationnelles, qui réduisent leur métier à la violence et à la cruauté. C'est peut-être pour cette raison que je ne les ai jamais trop regardées. Les polémiques me suffisaient. Mais, maintenant que j'écris sur l'élevage, j'ai l'impression que c'est une expérience nécessaire. Je ne voudrais pas avoir le sentiment de détourner le regard, de me débiner. Alors je tape « L214 » dans la barre de recherche. C'est classé par animaux. Je clique sur cochons.

C'est ignoble. La scène se passe dans un hangar industriel plongé dans l'obscurité, le faisceau de lumière de la caméra révèle des dizaines de loges surpeuplées et s'arrête sur l'une d'elles. Un petit cochon, le flanc ouvert et sanguinolent, se fait grignoter vivant par ses frères devenus fous. Noémie m'a expliqué que la surconcentration et l'enfermement engendraient des niveaux de stress excessifs et des troubles du comportement allant jusqu'au cannibalisme. Dans les élevages intensifs, on meule les dents et on coupe les queues. Je sais que les animaux filmés n'ont pas les mêmes conditions de vie que ceux de l'élevage de Noémie. Je regarde une vidéo d'abattoir. J'ai le cœur serré en voyant ces pauvres corps menés par la violence à une mort industrialisée. Cette fois, je me demande si les cochons de Noémie subissent ce genre de traitement à l'intérieur du petit abattoir de Boulogne-sur-Gesse.

Je l'ai accompagnée à deux reprises là-bas.

Au moment d'ouvrir la bétaillère pour décharger les cochons sur le quai, ils sont sonnés par le transport et ils ont vomi. Ils ne veulent pas avancer vers le bâtiment inconnu de l'abattoir, et il faut insister avec les panneaux mobiles pour les faire entrer dans ce grand hall d'attente de la mort, tout en béton et en ferraille. Quelques rayons de lumière passés par les hautes fenêtres fendent la pénombre. Les cochons résistent, comme s'ils sentaient la mort flotter dans l'air, comme si leur groin détectait une lointaine odeur de sang, comme s'ils savaient que cet environnement lugubre n'annonçait rien de bon, pas plus que le box dans lequel on réussit finalement à les enfermer, en se disant qu'ils n'y passeront qu'une soirée, que ce sera fait le lendemain, à l'aube.

Avant de quitter la grande salle de l'abattoir, je me suis arrêté devant un box où une dizaine de cochons roses, à queue coupée, attendaient leur heure. Je les ai observés. Leurs mouvements étaient impulsifs, nerveux. Leur corps était couvert de contusions, visibles malgré l'obscurité. Leurs yeux étaient vides, injectés de sang. Je me suis demandé à quoi servaient leurs yeux. Ils m'apparaissaient comme un héritage génétique obsolète pour ce qu'on attendait d'eux, un sous-produit non commercialisable.

Mes pensées dérivent vers ma ferme béarnaise, un matin pluvieux. Je suis avec Mohamed, mon coloc. Nous allons chercher un bélier qui boite. Après plusieurs esquives de sa part, nous finissons par l'attraper comme on plaque un rugbyman. Je le porte sur mes épaules jusque dans la cour. Je sens son souffle sur ma joue et son corps chaud contre ma nuque. Je reste silencieux, agrippé à l'idée qu'il n'y aurait pas eu assez d'herbe cet été et qu'on ne peut pas garder toutes les bêtes, que c'est une partie de notre autonomie alimentaire, qu'il a bien vécu, vu le ciel, gambadé. Les autres pensées, je les bloque, parce que sinon je ne vais pas y arriver. Je n'ai pas vécu de moment plus solennel que la mise à mort d'un animal. Le bélier est calme, étendu dans l'herbe sur le flanc, il ne se débat pas, il ne bêle pas, il semble juste incommodé par cette proximité inhabituelle avec moi. Mohamed aussi est silencieux, pourtant ce n'est pas son premier mouton. Une dernière caresse, quelques dernières prières muettes. J'arme le matador jusqu'au clic. Je presse la détente, il se raidit. Mohamed tranche la gorge, le sang coule. Carole, mon autre coloc, assise à proximité, chante une chanson rituelle en quechua, apprise au Pérou, très douce, pour accompagner l'âme du mouton. Le soir, on brûle une bougie. Nous sommes des tueurs empathiques. Nous avons besoin de donner un sens à cet acte, de nous raconter des histoires de paradis, d'esprit, de créer des fictions pour le rendre acceptable, pour nous convaincre qu'on fait au mieux.

Et si on se trompait ? Et si les animalistes avaient raison ? Si on était des assassins ? Peut-être que, dans cinquante ans, manger les animaux sera perçu comme un acte d'une barbarie archaïque. Peut-être que tout ça est moralement injustifiable. Le fait que la prédation existe dans la nature nous donne-t-il la légitimité d'être nous-mêmes prédateurs, d'organiser et d'automatiser la prédation ?

Au début, quand Noémie me parlait de donner les meilleures conditions de vie possible à des animaux dont elle avait déjà programmé la mort, je trouvais ça un peu hypocrite. Comme si la finalité de la mort annulait le bon traitement qui la précède. Mais ce n'est pas parce qu'une vie est destinée à s'arrêter que les conditions dans lesquelles elle se déroule n'ont aucune importance. Ni celles dans lesquelles elle s'arrête. Ce que souhaite Noémie, c'est accompagner ses cochons jusqu'au bout : les abattre elle-même, à la ferme, dans cet environnement que ses bêtes connaissent, comme elles connaissent leur éleveuse. Elle veut leur donner une belle mort après leur avoir donné une belle vie. On dirait un oxymore, mais non. La relation de l'éleveur à son animal peut être faite de tendresse et d'empathie sincère alors que le but reste de tuer pour manger. C'est dur à croire, mais c'est ce que je vois, ce que je sens : une éleveuse qui relie la vie et la mort avec tout ce qu'elle a d'humanité.

SOUBIE

La mort

8 avril 2022

Sur le marché, il arrive que des clients me demandent s'il m'est difficile d'emmener mes animaux à l'abattoir. Je réponds honnêtement : oui, c'est dur. À chaque fois. Je ne suis pas fière de les emmener dans ce lieu sombre, bétonné, peuplé d'animaux qu'ils ne connaissent pas, où ils passeront leur dernière nuit avant que la vie ne leur soit ôtée au petit matin par des mains inconnues. Je ne m'y fais pas. La répétition n'estompe en rien le sentiment de trahison au moment de refermer la bétaillère. Après tous ces efforts, depuis leur naissance, pour leur offrir une vie sereine et agréable, plus d'un an de travail en douceur et en plein air, ils ne méritent pas cette mort-là.
J'arrive toujours le plus tôt possible à l'abattoir pour ne pas être pressée par les éleveurs suivants et prendre le temps de laisser descendre mes animaux à leur rythme. Je les place dans une petite loge au fond, la loge numéro vingt, où ils ne seront pas dérangés. Parfois, tout se passe sereinement. Parfois, c'est un crève-cœur. En février dernier, ma fourgonnette est tombée en panne sur la route de Boulogne-sur-Gesse. Le temps de réparer, je suis

arrivée à quinze heures à l'abattoir, l'heure de pointe. Les camions à deux étages débordant de porcs roses d'élevages intensifs étaient en plein déchargement, mastodontes de métal entre les cordons de véhicules des petits éleveurs. Il y avait du monde au portillon : l'abattoir venait de fusionner deux jours d'abattage en un seul. Lorsque mon tour est arrivé, j'ai appris que toutes les loges étaient déjà occupées. J'ai senti venir le carnage, mais je n'avais pas le choix. J'ai fait avancer mes cochons dans le couloir, jusqu'au brutal face-à-face avec les autres, qui se sont jetés sur eux et ont commencé à les mordre. Mes cochons, surpris et apeurés, ont fait volte-face et couru vers moi. Trop tard : j'étais déjà en train de fermer la lourde porte en acier sur eux. Après une année de douceur et de paresse dans ma petite ferme, leur dernière journée s'est donc passée dans la violence et les cris. Qu'avaient-ils fait pour mériter ça ? Qu'avais-je fait ? De dépit, de tristesse, d'impuissance, j'ai serré les dents le temps de quitter les lieux. J'ai pris le temps de dire au revoir aux gars de l'abattoir et de leur souhaiter bien du courage pour la journée du lendemain. Ils appréhendaient, tant d'animaux, ça allait être sportif. Une fois sortie, j'ai pu pleurer. La mort de mes animaux, je l'assume, mais devoir la déléguer à d'autres, dans un environnement étranger et sombre, ça ne passe pas.

Les gars de l'abattoir, je m'entends bien avec eux. Ils me demandent des nouvelles de mes animaux. Je recommande à leurs bons soins les cochons que j'amène. Ils me le promettent, c'est notre pacte d'humanité dans ce lieu trouble. Ils font leur boulot du mieux possible et tiennent le choc malgré la dureté des gestes, les troubles musculo-squelettiques et les collègues en arrêt maladie. Je sais combien il est éprouvant de tuer un seul animal. Eux en tuent des centaines chaque jour, dès l'aube, à cinq heures et demie du matin. Une fois que la chaîne de mort est lancée, me disent-ils, on ne peut plus vraiment faire de pause, sinon les animaux s'échauffent. Demain, à cinq heures et demie du matin, ils recommenceront. Ce sont des Sisyphe, mais leur rocher c'est la mort.

Je ne vois qu'une seule solution pour résoudre cet écueil moral et pouvoir à nouveau assumer la mort de l'animal sans faire subir à autrui l'aliénante souffrance d'un pénible travail à la chaîne : abattre moi-même, à la ferme.

En arrivant dans le Gers, je voulais essayer de tuer des animaux de ma propre main avant de les manger. Si l'acte m'était insoutenable, je m'étais juré de devenir végétarienne, ou même plutôt végane, consciente que la consommation de lait ou d'œufs entraînait elle aussi la mort d'animaux. L'acte de mort n'a pas été ce couperet définitif auquel je m'attendais, mais il a profondément modifié mon rapport à la viande, et à l'animal. Le moment de tuer est d'une intense solennité. J'aimerais que chaque consommateur de viande fasse l'expérience de la mort de l'animal qu'il souhaite manger. Pas pour le culpabiliser ou le mettre au défi, mais pour qu'il prenne la mesure de ce que c'est que de prendre la vie, pour qu'il ressente les soubresauts nerveux de l'être vivant qui meurt, qu'il voit les paupières se fermer, qu'il palpe le pouls qui s'en va et sente le sang chaud sous ses doigts. Sinon, il mange de l'ignorance, trois fois par jour.

Tuer, c'est aussi se transformer soi-même. J'ai tué une part d'innocence en moi, elle est devenue respect et conscience de l'équilibre du vivant et de cette place de l'animal dans notre écosystème. Plus jamais alors, après avoir donné la mort, je n'ai consommé de viande à la légère, plus jamais je n'ai regardé de la même façon cette tranche de jambon industriel dans le sandwich. Gâcher ou jeter de la viande est devenu impensable, comme l'idée qu'on a donné la mort pour rien.

En quelques années, deux autres abattoirs du Gers ont fermé faute de repreneur et à cause des coûteuses mises aux normes, des ressources humaines trop lourdes à gérer. Dans un climat de défiance envers la viande, diriger un abattoir signifie s'exposer à la critique. Qui veut diriger un abattoir ? briguer une carrière de saigneur ? dire à ses proches qu'il donne la mort à la chaîne ? Et à quel moment nous, éleveurs, avons-nous accepté de déléguer ce geste à d'autres ?

Cette division du travail, c'est bien l'industrialisation de la production animale qui l'a créée, au long du XXe siècle. Sous prétexte de productivité et à grand renfort de normes, les principes de la zootechnie ont peu à peu éloigné l'élevage et l'abattage des consommateurs. Hors des villes, loin des yeux, loin du cœur. L'urbain s'est peu à peu déshabitué de la vision de la mort : celle des abattoirs, et celle des élevages intensifs. Comment imaginer que la belle viande juteuse de l'étal du boucher puisse provenir d'ailleurs que de la prairie verdoyante des publicités sur papier glacé ? Et pourtant, les cochons élevés hors des caillebotis de béton et du système intensif ne représentent que cinq pour cent de la production française. En plein air, on descend à environ un pour cent, et en plein air et en bio, à un pour mille. Cinq pour cent, un pour cent, un pour mille. Le reste, *ce sont des animaux entassés, suffocants, sans liberté de mouvement. Pour moi, leur courte vie dans ces conditions, c'est déjà de la mort.*

Caillebotis

L'élevage de Catherine était intensif, mais pas industriel. Elle tient à cette distinction quand, à mon quatrième séjour aux Bourdets, elle m'accueille dans son bureau pour un entretien. Elle s'est installée ici il y a trente-six ans, avec son mari. Son père et sa sœur étaient déjà éleveurs de cochons. À ce moment-là, il est assez clair pour tout le monde que, pour réussir dans l'élevage, il faut une exploitation moderne et un certain volume. Pour autant, Catherine a le souvenir d'une installation de bric et de broc. Au maximum, la porcherie a compté deux cents truies et un total de deux mille cochons, ce qui est dans la moyenne en France[1]. La distribution de nourriture n'était pas complètement automatisée, elle se faisait encore à la main pour les truies, chaque matin et chaque soir, pour privilégier le contact humain. Catherine et son mari ne voulaient pas passer par l'intermédiaire des coopératives. Ils ont préféré vendre leurs animaux localement, *via* un chevillard qui assurait le transport entre l'élevage, l'abattoir et les boucheries. Elle me raconte qu'ils passaient presque pour des marginaux quand ils ont commencé. Il y avait comme toujours des gens pour penser que ça ne marcherait pas. Ils en ont bavé, mais ça a fonctionné.

Leur objectif était d'avoir un volume assez important pour sortir quatre salaires et ne pas être aliénés par l'activité, pouvoir prendre des week-ends, avoir une vie. Catherine conçoit la ferme comme un environnement de liberté autant que de travail, un espace de possibles. Aux Bourdets, elle a élevé une famille, accueilli des réfugiés, des sans-abri, organisé de belles fêtes. À côté de l'élevage, elle était conseillère prud'homale, bénévole à l'aumônerie, et elle s'est occupée de personnes handicapées ou en fin de vie. Avec son mari, ils avaient fini par investir dans une fabrique d'aliments pour la ferme : une cathédrale de tôle abritant des silos plus larges que des fusées et un labyrinthe de rampes et de tuyaux. Avec cent cinq hectares, soit environ cent cinquante terrains de foot, un tiers de l'alimentation des cochons était produite sur place. Le reste était importé. Catherine m'explique que c'était l'espace nécessaire pour épandre le lisier produit par les cochons et pouvoir se passer d'engrais de synthèse.

Quand j'ai abordé les mouvements animalistes, elle m'a dit qu'elle n'aimerait pas avoir affaire à eux, parce qu'ils se permettent de juger des choses qu'ils ne connaissent pas. Elle regrette que les gens soient déconnectés des réalités agricoles, qu'ils ne veuillent pas savoir ce qu'il y a derrière leur côte de porc. Quand ils visitent son élevage, ça peut leur faire bizarre s'ils imaginaient le plein air comme sur les étiquettes, mais elle dit que les gens se rendent compte qu'il n'y a pas de maltraitance.

En l'écoutant, je pense à la première fois que je suis venu aux Bourdets, en 2018, avant même que Noémie ait ses premiers animaux. L'élevage de Catherine était encore en activité. Elle nous avait laissés faire le tour avec un copain. Choc des cultures : deux Parisiens dans la porcherie. On avait vu la maternité, les cages conçues pour que les truies n'écrasent pas leurs petits mais qui les entravaient au point qu'elles ne puissent pas se retourner. On avait croisé leur regard hagard, remarqué la façon compulsive qu'elles avaient de mordiller les barres de fer. Je me souviens du bruit : les gémissements des animaux, la ventilation, le son des barrières métalliques. Je n'avais jamais vu d'élevage porcin. Je ne savais pas ce que voulaient dire ces gémissements, mais ils résonnaient dans les bâtiments à en devenir assourdissants. Noémie m'a expliqué que de l'eau était projetée sur les toits pour refroidir les pièces. Un jour, elle avait oublié de remettre en marche l'arrosage du bâtiment post-sevrage où logeaient plusieurs centaines de cochons, en plein été ; au bout de quelques heures, ça avait failli être le drame. Catherine lui avait passé un savon mémorable. Tout en comprenant sa réaction, Noémie avait trouvé absurde que la survie de centaines d'animaux tienne à si peu de choses. Quand nous avions visité ce bâtiment, il était plongé dans le noir, il y faisait très chaud, et une odeur puissante d'ammoniac nous avait pris à la gorge. Quand les néons s'étaient allumés en clignotant, la pièce nous était apparue. Elle devait faire une centaine de mètres carrés, divisés en quatre loges. Dans chacune, il y avait une bonne vingtaine de cochons, soit plus d'espace que ce que prévoyaient les normes. En nous voyant, ils s'étaient mis à hurler. Les animaux passaient leur vie sur des caillebotis en béton qu'il fallait récurer au Kärcher régulièrement pour évacuer les déjections vers les fosses à lisier. La visite ne nous avait pas laissés indifférents. Nous étions contents d'avoir vu, mais ça faisait du bien quand ça s'arrêtait.

Catherine est sincère quand elle me dit qu'il n'y avait pas de maltraitance, que les cochons étaient bien, qu'ils avaient à manger, qu'ils étaient protégés du froid et de la pluie. Je la sens nostalgique quand elle ajoute qu'aller voir les animaux le matin c'était une belle façon de commencer la journée, que dans le fond ça lui manque de ne plus sentir l'odeur des truies, de ne plus leur distribuer des « et toi, ça va ma cocotte ? » et des caresses affectueuses. Les mises bas, les soins aux animaux malades, le décryptage des différents cris, comme un langage, la distribution de grain, elle aimait bien, sinon elle ne l'aurait pas fait pendant trente ans. Des doutes, elle en a aussi, comme tout le monde. Vers la fin de l'entretien, elle se demande si on a besoin de cette grosse artillerie d'agriculture pour nourrir la planète ou si on peut faire différemment.

L'après-midi qui a suivi notre entretien, elle est revenue me voir pour me dire qu'elle avait encore quelques idées à partager. On s'est assis dans l'herbe, j'ai appuyé sur le bouton enregistrer. Elle m'a dit qu'elle avait vécu des moments durs ici : décès, séparation. À une période de sa vie, elle s'est demandé comment se relever. En voyant s'installer tous les jeunes, les différents ateliers, le collectif, en voyant renaître Les Bourdets, elle m'a dit qu'elle avait l'impression de prendre une revanche sur la vie. Elle a dit : « Ça refleurit, ça refleurit différemment, mais ça refleurit. »

Érosion

Le grand champ de treize hectares qui monte au-dessus des bâtiments a été travaillé et semé. En ce début de mois de juin, la terre est à nu, mais bientôt les tournesols éclateront de jaune.

C'est un vendredi soir paperasse. Noémie est à la yourte, devant l'ordinateur, à s'occuper des factures. Parfois elle lève le nez pour regarder les innombrables perches qui s'élancent vers le *toono,* cette lucarne céleste qui coiffe son habitat. Pile à ce moment-là, il se met à pleuvoir. En quelques secondes, l'intensité est multipliée par dix : il tombe des cordes sur la toile, comme jamais. Elle referme son ordinateur. De l'eau commence à rentrer par le *toono,* puis par les menuiseries de l'entrée. Elle va voir à la fenêtre : un ruisseau se forme sous la yourte. Elle a un flash. Tom a fait les foins sur sa parcelle dans la journée. Et si une balle, poussée par un glissement de terrain, se mettait à rouler vers la yourte en suivant le chemin du ruisseau ? Au même moment, quelqu'un tambourine à la porte. C'est Tom, sous des trombes d'eau hollywoodiennes. Il dit que les bâtiments de l'ancienne porcherie et de la fromagerie sont en train d'être inondés et que le niveau monte aussi dans certaines cabanes. Deux plaques de terre dérivent droit vers la première cabane, les cochons sont dans la boue jusqu'à la poitrine. Les renforts arrivent, une chaîne humaine s'improvise, un corridor humanitaire pour transférer les animaux vers une cabane hors d'atteinte des coulées de boue. C'est bon.

La même équipe fonce à la bergerie mettre les agneaux hors de danger. Heureusement que Catherine n'a plus de cochons, parce que la porcherie est en première ligne. Un amas de meubles a déjà été emporté par le raz-degadoue. Coincé en travers d'une porte, un canapé retient quelques affaires, mais les autres commencent déjà à passer par-dessus. Sur la route, une balle de foin qui semble possédée surfe sur une langue de boue. C'est irréel. Il n'y a pas grand-chose d'autre à faire que de constater les dégâts, impuissant.

À la fromagerie, la situation est critique. La boue avance vers les préfabriqués de la salle de transformation et de la chambre froide, qui contient tous les produits. Une équipe essaie d'écoper avec des pelles et de dévier le courant pour sauver ce qui peut l'être. Ils se donnent du courage les uns les autres. Les bottes de Noémie, submergées à plusieurs reprises, sont pleines de cailloux et de terre. Puis l'électricité saute pour de bon, après que des parties ont été coupées à la hâte sur le panneau.

Catherine pense à ses silos, dont chaque centimètre carré et chaque vis avaient été nettoyés par une entreprise en prévision de la moisson, il y a deux semaines seulement. Le maire débarque, puis les pompiers. Dans le noir, il n'y a rien à faire. L'orage finit par se calmer. Tout le monde va se coucher.

Premier constat du matin : les gens des Bourdets seuls ne seront pas assez nombreux, il faut demander de l'aide. Les SMS pleuvent. Dès neuf heures, les premiers renforts arrivent avec leurs bottes et leurs pelles. Noémie reconnaît des clients du marché, qu'elle accueille avec un grand sourire ému. Il faut curer, déblayer, nettoyer. La boue est tellement lourde que la moindre pelletée est une épreuve, mais ça avance. Certains gardent les enfants, d'autres cuisinent pour tout le monde. Sur la journée, une quarantaine de personnes sont venues. Aux Bourdets, on ne s'y attendait pas, et tous sont touchés par l'élan de solidarité qui s'est déployé.

Le soir même, la météo prévoit un nouvel orage. Ça aurait pu être l'orage de trop, mais le moral des troupes est bon. Ils sont rodés, ils s'organisent. David va faire une digue pour protéger la fromagerie, qui a été nettoyée. Catherine branche les pompes. Quand la pluie arrive, ils sont parés. Ils arrivent à limiter la casse. Malgré la fatigue, ils sont mieux préparés, dopés par la folle énergie du groupe, par l'adrénaline. Ils sont maculés de boue, mais ils se marrent. L'orage dure moins longtemps, heureusement. Une fois la fromagerie sauvée, ils descendent vers les bâtiments de Catherine pour frotter avec des balais et évacuer la boue. La fosse à lisier de neuf mètres de fond, complètement vide il y a deux jours, est quasiment pleine. Son débordement a été évité de justesse par Catherine, qui a eu les bons réflexes.

Quand Noémie traverse un pont sur le Gers et que la rivière trouble a la couleur de l'argile, elle repense à ces deux nuits-là. Ce qu'ils ont vécu s'appelle l'érosion. Le tournesol avait été semé sur une terre retournée, mise à nu, et la culture était encore trop jeune pour que les racines des plants maintiennent la terre. Avec la sécheresse, la surface a fait une croûte, qui a dévalé les champs comme un radeau sous la violence de l'orage. Or, c'est dans cette fine zone de contact entre le sol et l'air que réside l'essentiel de la vie et de la fertilité, c'est dans cette délicate membrane que nous pouvons cultiver pour nous nourrir. Aux meilleurs endroits, cette couche arable mesure plusieurs mètres de profondeur. Parfois, elle ne fait que quelques centimètres. Elle met du temps à se créer ou à se recomposer. Certaines pratiques, comme le labour profond, la détruisent saison après saison. Avec le changement climatique, les orages, les vents ou les sécheresses deviennent plus fréquents et plus violents, et accentuent les phénomènes d'érosion. Tous aux Bourdets l'ont ressenti ce week-end-là. Noémie a été confortée dans l'idée de planter des arbres pour tenir la terre, améliorer le sol et faire un barrage plus efficace à de futurs glissements de terrain.

Le dimanche qui a suivi la coulée de boue, sous le soleil retrouvé, tout le monde s'est jeté dans l'eau du lac d'irrigation voisin pour une baignade purificatrice, quasi biblique. Un barbecue a été improvisé au mobile home de Marianne. Tout le monde était dans un état second. Il n'y avait même plus besoin de dire que c'est le collectif qui les avait tirés d'affaire, c'était évident. Ils étaient au diapason, vibrant de la même énergie humaine extraordinaire.

Saucisse

Communauté

La mère de Noémie a un petit rituel les jours de marché quand elle est en visite dans le Gers. Elle se glisse dans la file des clients et elle écoute les gens parler de ce qu'ils vont prendre, de ce qu'ils préfèrent, des produits, de sa fille. Les plus grands fans partagent ce qu'ils savent : où est la ferme, comment sont élevés les cochons, pourquoi ils préfèrent la viande du porc noir à celle du rose. Certains clients sont impressionnés que ce soit Noémie qui fasse aussi la découpe. Sa mère ne dit rien, mais elle a les yeux qui sourient.

Sous la vieille halle du marché de Mauvezin, on dirait que c'est climatisé. Les stands sont montés entre d'imposantes colonnes de pierre, sur lesquelles repose une inébranlable charpente en chêne du XIVe siècle. Les producteurs des Bourdets sont installés côte à côte : David et Marianne aux légumes, les employés de la bergerie pour les fromages et les yaourts, et Noémie avec son porc noir. Elle connaît une bonne partie des autres exposants : Jef, de la CUMA, avec ses volailles, Blandine avec ses œufs,

Thierry le brasseur, Martin le boulanger. Elle a disposé sa petite vitrine et sa table avec la caisse, le cahier, les bocaux, la trancheuse et les salaisons. Il n'est pas encore l'heure, mais les premiers clients attendent déjà. De toute la matinée, la queue ne désemplit pas.

17 avril 2021

Samedi matin, il y a eu du monde sous la halle pour mes produits. Quelle joie de voir que le pari est relevé, que les clients ont gardé fidélité, ont pris note, ont pris commande. Le quart d'heure de retard du début de marché m'a laissée sous une tornade ininterrompue de gens à servir. La queue sur le stand, si valorisante, s'accompagne toujours d'un peu d'angoisse. Ils viennent donc pour moi ? Ne pas décevoir. Et si le boudin noir n'est pas comme ils l'aiment ? Et si je suis trop sous l'eau pour les servir, pour leur servir non pas la viande inerte, mais ce petit moment de vie, de connexion unique avec chaque client ? Et ce n'est pas en commerçante que je parle quand je leur dis : « Oui, oui, la saucisse sèche, je vous l'ai mise de côté, je me doutais que vous passeriez. » Le questionnement aussi de ne pas voir ce monsieur très âgé, toujours fidèle au poste le samedi vers neuf heures. Il avait commandé comme à son habitude un petit épigramme, c'est-à-dire un coustellous, une escalope et une petite côte « oh ! pas trop grosse, 200 grammes, voyez-vous je suis seul, je suis veuf, mais quand mon fils me rendra visite je vous commanderai tout en double, pour lui et pour moi ».

Les clients, c'est des morceaux de vie, c'est la poésie du samedi.

Noémie n'a plus peur du marché ni des clients. Elle a toujours le trac, mais il se transforme maintenant en plaisir. Elle a hâte de revoir les gens qu'elle a appris à connaître, hâte de leur présenter son travail. Quand ils lui disent qu'ils retrouvent le goût de leur enfance, c'est sa récompense. Elle arrive à sentir son marché, à savoir ce qui fera plaisir à qui. Dès la CUMA, elle repère sur le cochon quel coustellous couper pour M. Pérac, quatre-vingt-quatorze ans. Jacqueline, plus du genre à se laisser guider, vient quand son petit-fils est là. Elle aime discuter recettes. Et Jean-Paul, joyeux cavalier du bal trad et paysan à la retraite… Même s'il y a du monde, Noémie prend toujours le temps d'une petite question, d'un petit conseil, de quelques mots en plus qui montrent qu'on se reconnaît, qu'on se soucie. Ce n'est pas juste un prix, les clients s'intéressent à l'histoire de ce qu'il y a dans la vitrine, à celle qui fait ça. Ils sont contents de la faire vivre, elle, parce qu'ils lui font confiance.

Noémie m'a dit qu'il y avait comme un pacte entre elle et les clients. Ils lui confient leur santé et, moralement, elle ne peut pas leur vendre une viande bourrée d'additifs, issue de bêtes qui ont vécu l'enfer. Les gens, elle les regarde droit dans les yeux. Pour certains, elle connaît leur vie, leur famille, leur métier, leur budget. Elle a une responsabilité envers eux. Elle les nourrit, et ils savent qu'en retour elle a besoin d'eux pour vivre. L'année dernière, quand elle a dû augmenter ses tarifs de dix pour cent, elle a tout expliqué aux clients, et ils ont compris. Il faut que tout le monde s'y retrouve. C'est cette dépendance organique, incarnée par les liens personnels, qui crée une communauté. C'est ce lien direct qui a poussé certains clients à venir donner des coups de pelle à la ferme le lendemain de la coulée de boue. Sous la halle de Mauvezin, il n'y a pas de commission pour le grand capital, pas de part des anges du business, pas de personne lésée et enchaînée. Le but, c'est que tout le monde s'y retrouve.

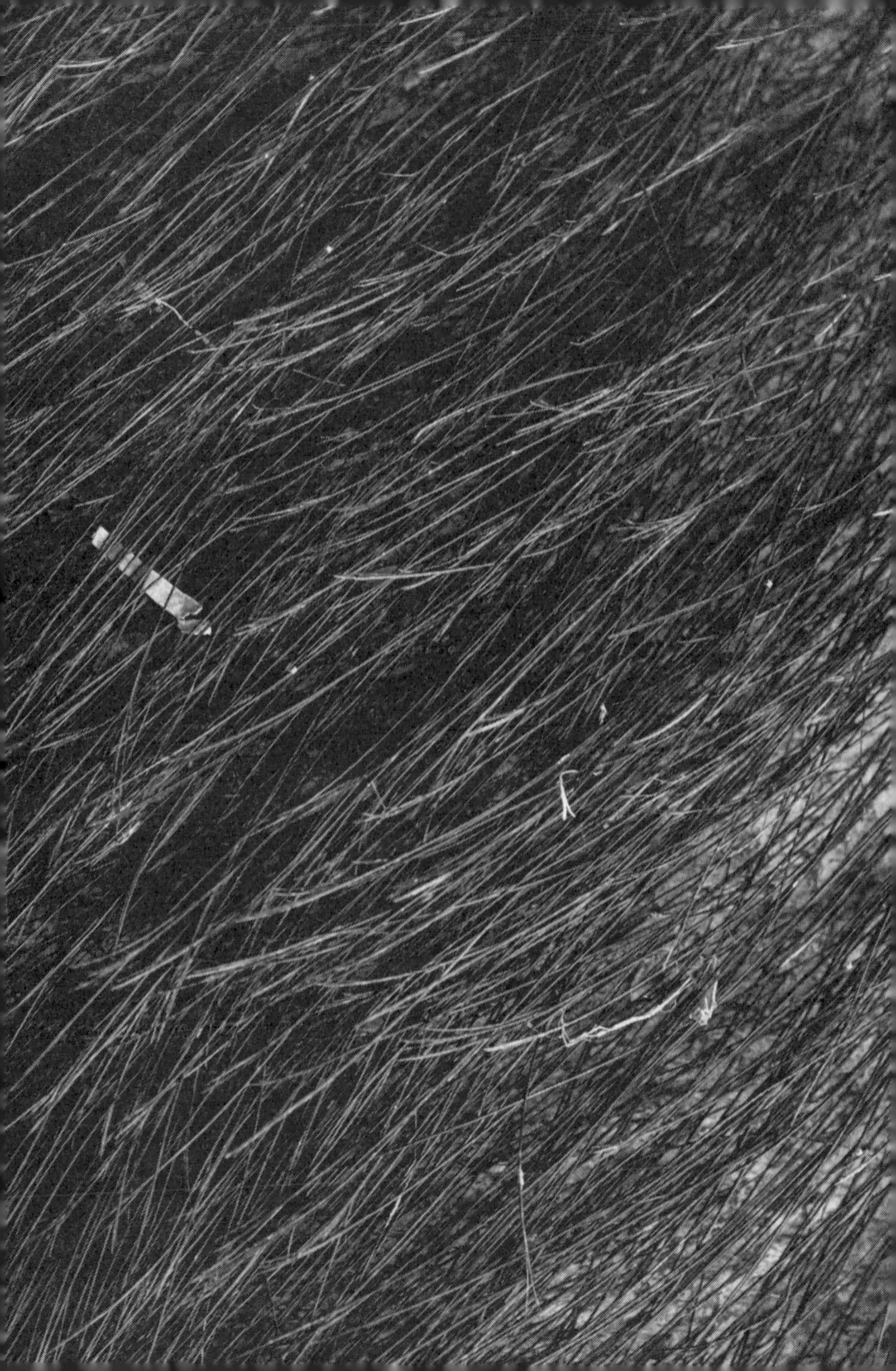

L'envers du pâté

28 septembre 2021

La question était fréquente, au début, sur le marché : — Et donc, c'est votre mari qui fait l'élevage ? Et la boucherie ? — Ah non, non, je fais tout moi-même. Naissances, élevage, découpe, charcuterie, vente, gestion. — Ça doit être du boulot ! — Oui, comme vous dites…
Dans un passé pas si lointain, les agriculteurs nourrissaient les champs et les bêtes, mais c'étaient les artisans qui assuraient la suite : meuniers, boulangers, bouchers, charcutiers, crémiers, fromagers. Agriculteurs et artisans travaillaient main dans la main. Alors pourquoi ai-je choisi de tout faire seule ? Par masochisme ? Par amour des surcharges de travail ? Non, c'est une question de modèle économique, de choix, de valeurs : tous les cochons ne sont pas égaux entre eux.
Le porc noir a failli disparaître dans les années quatre-vingt car, malgré sa viande savoureuse et grasse, il ne correspondait pas aux critères de rentabilité de l'industrie, contrairement au porc rose, roi de la productivité et star bodybuildée des boucheries et des supermarchés.
Le calcul est vite fait. D'abord, le porc noir produit deux fois moins de porcelets par portée, c'est-à-dire en moyenne

sept au lieu de quatorze pour le porc rose. Ensuite, il grandit deux fois plus lentement pour arriver à taille adulte. Au prix de ce long élevage, la carcasse du porc noir fournit plus de gras, délicieux et qualitatif, mais sous-valorisé parce que les gens ont perdu l'habitude de cuisiner avec, de l'utiliser pour la conservation, le savon ou les chandelles. Enfin, le prix d'un mélange de grains bio produits sans intrants de synthèse, sans pesticides, au rendement à l'hectare plus faible donc, est deux fois et demie plus élevé que le même mélange en conventionnel.

Mes coûts de production sont donc au minimum dix fois plus élevés que ceux pour du porc rose classique. Cela me laisse peu de latitude pour me payer les services d'un boucher, d'un vendeur. Je fais tout moi-même, c'est beaucoup de boulot, mais j'ai mes raisons.

Préserver la diversité du vivant. Dans les élevages paysans de races rustiques, la génétique reste la propriété des éleveurs, bien loin du brevetage du vivant encouragé par les industriels. La génétique paysanne évolue naturellement au fil des générations, au gré des climats, des reliefs ; elle est libre, et non pas vendue en tubes de semences que l'on peut inséminer, répliquer, cloner. La génétique des races rustiques concourt à l'indépendance alimentaire de nos territoires, au même titre que les semences potagères gardées par les maraîchers saison après saison. Est-ce parce qu'ils n'ont jamais été poussés à la productivité que ces animaux sont si doux à élever ? J'aime leur calme irénique, leur sociabilité joueuse. Je vois en eux de la beauté, et l'intelligence dans leurs yeux. Le porc noir, avec ses oreilles en forme de béret sur le front, tranquille comme

un Auscitain en terrasse, a le caractère paisible des gens du cru.
Si j'élève des porcs noirs, c'est aussi pour préserver la diversité des saveurs face à la tristesse de la standardisation des goûts. La viande d'un porc rustique est gustativement très différente d'une race à l'autre. Or, des races locales, il n'y en a plus que six en France, menacées et élevées par une poignée de passionnés. Je rêve que l'on puisse retrouver facilement, en franchissant les fleuves et les monts, la palette de saveurs et l'expression du terroir apportée par le cul-noir dans le Limousin, le blanc de l'Ouest en Vendée, le porc de Bayeux en Normandie ou le pie noir du Pays basque.
Enfin, j'élève cet animal pour rendre au terroir ce qui lui appartient. On m'a souvent conseillé de commercialiser la viande comme un produit de luxe, dans des grands restaurants, des épiceries fines ou à l'étranger, mais cela me pose un cas de conscience : l'animal que j'élève appartient au terroir gersois, à ses paysages et à ses habitants, depuis des siècles. J'entretiens ce lien en accompagnant et en rendant le porc noir disponible sur les marchés de Gascogne. Vendre loin et cher un produit de terroir tout en en privant les locaux, ce serait la même imposture que de vendre un immeuble sur la Croisette à un riche investisseur étranger après avoir exproprié un petit pêcheur.

Dans les clients de Noémie, il y en a qui comptent chaque euro et s'offrent chez elle un des rares plaisirs du mois en venant à son stand. Il y a aussi pas mal de retraités qui aiment les bonnes choses et de jeunes parents qui mangent bio et qui sont prêts à y mettre le prix. Ils trouvent certainement qu'acheter à Noémie est autrement plus engagé et convivial qu'ouvrir une armoire réfrigérée dans un hangar Leclerc, attraper un bout de viande suremballé repeint aux colorants et le scanner en caisse automatique.

Beaucoup me diront que je suis quand même gonflé d'écrire ça, que c'est une réflexion bourgeoise, déconnectée de la réalité de plein de gens qui n'ont pas d'autre choix que de faire la chasse aux promos dans les hypermarchés, qu'ils ne pourraient pas se permettre d'acheter les produits de Noémie. Mais, à ce moment-là, est-ce que c'est une question de prix ou de régime alimentaire, d'éducation, d'inégalités économiques, de modèle de société ? Est-ce que la grande distribution démocratise la viande, vraiment ?

Au stand de Noémie, il y a aussi Éric, qui montait des cabanes sur les ronds-points avec un gilet jaune sur le dos, qui fréquentait les hypermarchés et qui a arrêté après avoir discuté avec d'autres gens venus protester avec lui. Il a tenu à dire à Noémie qu'il préférait manger moins de viande mais lui acheter à elle plutôt que de continuer à engraisser la grande distribution, parce qu'en plus ils vendent de la merde.

Et Noémie a pensé « MERCI ». Ce que lui a dit Éric, elle aimerait bien que plus de gens le comprennent, qu'ils admettent que ce n'est pas juste un prix contre un autre, qu'ils se rendent compte qu'au prix auquel elle vend ses produits aujourd'hui elle est sous le seuil de pauvreté, qu'elle a oublié ce qu'était le SMIC horaire, que ce n'est pas à cause de son manque d'expérience, mais parce que c'est beaucoup de travail et plus de charges de produire correctement, sans tricher. Noémie dit que c'est normal que la viande soit chère, parce qu'elle a un coût économique, écologique, humain et aussi moral. Si la viande est « trop chère », c'est parce qu'on en mange trop, qu'on s'entête à croire et à faire croire que c'est un produit de consommation courante, quotidienne.

16 octobre 2021

Les amis qui viennent me rendre visite m'imaginent viandarde. En fait, c'est tout l'inverse : je ne sors de viande que lorsque je reçois. Bien sûr, j'approvisionne la coloc avec quelques produits secs, un morceau de ventrèche séchée pour faire des lardons, un saucisson pendu au mur et dégusté au fil des soirs, mais très peu de morceaux de viande fraîche. Mon quotidien, c'est l'élevage, la terre, le grain, la force physique et les herbes folles, les heures sous les néons. Pas l'orgie de viande. La dégustation du produit fini est rare, exceptionnelle et collective.

Grain

Il n'était pas difficile de me convaincre que l'élevage de Noémie était plus vertueux qu'un élevage intensif, mais je ne pouvais pas me contenter de ce constat. Dans le fond, j'avais toujours une interrogation sur la pertinence écologique de l'élevage porcin. Je me demandais si l'élevage de Noémie participait à nourrir sa communauté avec l'empreinte écologique la plus faible possible ou si le porc était un plaisir superflu, et donc trop carboné. Cette vaste question me dépasse en grande partie, et je ne révolutionnerai pas la littérature scientifique sur le sujet, mais rien ne m'empêche de creuser les questions que m'inspire l'élevage de Noémie.

Je suis presque végétarien, mais je ne suis pas opposé à l'élevage en général. Je sais que la domestication des animaux est constitutive de l'histoire humaine. Les nomades de la bande sahélienne n'auraient jamais pu apprivoiser cet environnement aride s'ils n'avaient pas apprivoisé leur bétail, s'ils ne consommaient ni le lait ni la viande de leur troupeau. Dans les endroits où l'agriculture est pratiquée, l'élevage est historiquement complémentaire des cultures végétales. C'est ce qui s'appelle la polyculture-élevage. Schématiquement, la prairie nourrit les vaches dont nous consommons le lait, la viande ou le cuir, et nous utilisons le fumier de l'étable pour fertiliser les champs de blé. La paille récoltée à la moisson sert de litière dans l'étable, et ainsi de suite. C'est un système « intégré », qui nécessite très peu d'intrants extérieurs à la ferme.

La subtilité, c'est qu'il y a des animaux qui marchent mieux que d'autres pour la polyculture-élevage. Deux grandes catégories se distinguent par leur système digestif. Les ruminants, comme les vaches ou les moutons, herbivores, et les monogastriques, comme les cochons, les poules ou les humains. Ce qui est intéressant avec les ruminants nourris à l'herbe (cette tendance a diminué au cours du xxe siècle[1]), c'est que le pré qu'ils broutent pousse tout seul. Sans que nous ayons besoin d'intervenir ou presque (l'hiver, on apporte souvent du foin), les ruminants transforment l'herbe que nous ne pouvons pas digérer en produits comestibles et utiles. Même s'ils pètent et émettent des gaz à effet de serre (en partie compensés par les prairies qu'ils valorisent et qui captent du carbone[2]), les ruminants nous rendent bien service.

Les cochons ont aussi leur utilité. En France, ils étaient historiquement utilisés pour absorber les déchets de la ferme et produire de la viande et du gras[3]. Leur fumier est aussi utilisé pour la fertilisation des cultures, et ils émettent moins de gaz à effet de serre (pas de méthane)[4].

Mais c'est à propos de l'alimentation des cochons de Noémie que je me pose des questions. Ils sont principalement nourris avec des céréales : deux kilos par jour et par tête de pig. Ces céréales sont bio, locales, mais restent cultivées, c'est-à-dire produites, transformées et transportées avec de l'énergie (du pétrole), ce qui pèse sur leur empreinte carbone. Surtout, je me dis qu'on serait rassasiés à moindre coût écologique si on consommait directement ces céréales au lieu de les transformer en cochon. Le fait que l'alimentation des cochons soit en concurrence directe avec celle des humains me pousse à m'interroger sur l'intérêt écologique de l'élevage de Noémie, dans une perspective de production alimentaire en général.

Voilà l'amorce de réflexion qu'avec plus ou moins de maladresse j'ai soumise avec Noémie un jour où on roulait vers l'abattoir. Je pensais déclencher une discussion agronomique passionnante, mais j'ai cassé l'ambiance. Elle s'est sentie attaquée, elle s'est agacée. J'ai eu l'impression d'être face au même ressentiment que celui éprouvé par les agriculteurs envers le reste de la société, comme s'ils disaient « on gagne une misère pour vous nourrir pendant que vous êtes au chaud derrière vos écrans, alors ne venez pas en plus nous dire qu'on pollue ou qu'on travaille mal ».

Accrochage

Un ange passe à l'avant de la fourgonnette, quelques minutes sans un mot. Noémie regarde la route dessiner ses courbes, prend les virages à la corde, elle tient le volant à deux mains. Je sens qu'elle bouillonne.

25 octobre 2021

J'ai trouvé la réflexion de Clément injuste, hors sol, terriblement néorurale. J'ai encore eu l'impression qu'on réduisait la complexité de nos pratiques paysannes, la cohérence de nos choix militants à un bilan comptable, à une empreinte carbone. Est-ce qu'il est juste de s'en prendre à l'élevage paysan en souffrance alors que le scandale écologique, éthique et social de l'élevage industriel continue en toute impunité ? Est-ce que Clément est sûr de ne pas se tromper de combat ?

Des cochons comme les miens, qui vivent librement leur vie de cochon, au grand air, sans manger de pesticides, il y en a un pour mille. Les neuf cent quatre-vingt-dix-neuf autres, on en parle de leur empreinte carbone ? De

comment ils ont été nourris, avec quelles céréales ? Quelles semences OGM ? Cultivées comment ? Sur quelles terres déforestées ? Avec quels engrais, quels pesticides ? Fabriqués où et comment ? Transportés comment ? Avec quelles conséquences sur les rivières, le sol, la forêt, les peuples ? Et les cochons, élevés dans quel genre de bâtiment ? Combien d'espace ? Quels antibiotiques ? Avec quel impact sur leur santé et sur la nôtre ? Combien de kilomètres ont-ils parcourus pour être abattus ? Combien pour être transformés ? Où ? Par qui ? Payé combien ? Pour quelle vie ? Et qui s'occupera des algues vertes[1] et du mal-être en série ? On en parle ?
Un pour mille, on est si peu nombreux. Il faut du courage, prendre le risque de ne rien gagner, ou si peu, juste parce qu'on croit à l'idée que chacun puisse se réapproprier le pouvoir de faire pousser sa propre pitance, de devenir maître de sa propre subsistance, de perpétuer les savoir-faire paysans qui nous nourrissent, alors que les recettes familiales et les gestes ancestraux se perdent à mesure que meurent les anciens.
Un pour mille à essayer, par l'alimentation, de mettre en œuvre un modèle social plus juste pour la terre et les hommes, un modèle qui crée de l'emploi, puisque les politiciens n'ont que ce mot à la bouche. L'industrie crée trois postes pour six mille cochons. Avec des fermes comme la mienne, on créerait quatre-vingt-cinq emplois indépendants pour le même nombre d'animaux. Je pense en serrant les dents : essaie déjà de vivre le quotidien agricole, les gestes de base, le minimum, chaque jour, sous la pluie, dans le froid. Frotte tes idéaux à la réalité du travail du corps, tu feras de la théorie plus tard.

Réduire la pensée à des indicateurs, à des bilans, ça simplifie la réalité. Je trouve ça dangereux. On fait dire ce qu'on veut à des indicateurs. Le Nutri-score attribue des A et des B aux hamburgers de fast-food, mais sanctionne d'un D les fromages fermiers ou les jambons de porc noir plein air. Ces lettres ne compilent que de froids facteurs nutritionnels. Ce qui compte, c'est la lettre, la note qui identifie les bons et les mauvais. A vert, D rouge. Je n'ai pas très envie de mettre mon élevage dans une case qui lui dictera sa valeur. Il est un tout, intégré dans son écosystème, hors bilan.

Quand on reparle plus posément de la question, Noémie me dit qu'elle pense depuis le début à diminuer la part des céréales dans l'alimentation des cochons. Elle me parle de l'équilibre animal-végétal, qui a été rompu avec les élevages intensifs. Elle s'est installée aux Bourdets pour fonctionner en polyculture-élevage à l'échelle du collectif. C'est pour cette raison qu'elle donne à ses cochons le petit-lait de la bergerie, qui sinon serait jeté, qu'elle récupère les légumes abîmés des maraîchers et les déchets de la production des laits végétaux. C'est pour cette raison que, chaque semaine, elle passe chez Biocoop avec trois grandes poubelles et récupère les invendus de produits frais, qu'elle fait un crochet par la brasserie de Thierry pour récupérer les drêches, ce résidu de brassin contenant les parties non solubles des céréales dont les cochons raffolent.

Les haies et l'ouverture des parcs sur la colline, c'est aussi pour diminuer la part des céréales. Même si les cochons ne sont pas ruminants, ils pâturent. Ils grignotent je ne sais quoi dans le sol, mangent quelques herbes au passage, et ils croqueront bientôt les fruits tombés des arbres. Noémie a fait des calculs : les nouveaux espaces pourraient permettre de réduire d'un tiers la ration de grain.

Le projet initial de Noémie était de faire de ses cochons les poubelles des Bourdets, et elle a fait des tests. Elle a nourri un groupe de cochons principalement avec des déchets. Quand elle les a emmenés à l'abattoir au bout d'un an, ils étaient plus petits que les autres. Les garder plus longtemps n'aurait rien changé, parce qu'ils ne font plus de muscle après la première année, seulement du gras. Si les carcasses sont plus petites, ce n'est pas moins de coups de couteau à la découpe, c'est juste moins de marchandise. Elle a aussi remarqué que la viande des « cochons poubelle » était moins persillée, c'est-à-dire avec moins d'infiltrations graisseuses dans les tissus musculaires, alors que c'est ce qui donne son goût et son moelleux à la viande. Si la viande est moins belle, il y a le risque qu'elle se vende moins bien, et Noémie a des crédits à rembourser et des fournisseurs à payer. Elle serait prête à faire des concessions sur la qualité s'il n'y avait que ça. De toute façon, Les Bourdets ne produisent pas assez de déchets pour nourrir soixante cochons. Il faudrait qu'elle passe plus de temps à faire l'éboueuse, qu'elle aille plus loin et consomme plus de pétrole pour trouver assez de volume. Et du temps, elle en manque. Elle aurait besoin de main-d'œuvre, mais la main-d'œuvre, ça se paie. La dernière piste étudiée, ce serait d'avoir moins de cochons, sauf que ce n'est pas simple : quand on a dimensionné des investissements pour un certain nombre de bêtes, difficile de les réduire de moitié, parce que les emprunts ne font pas de régime, eux. Il faut produire et vendre assez pour rembourser.

Je crois que Noémie a été d'autant plus sensible à ma remarque sur le grain qu'elle a finalement peu de marge de manœuvre. Elle se sent prise en étau entre des contraintes incompressibles et un impératif de viabilité économique, qui mettent au défi son ambition écologique.

Utopie

Je demande à Noémie combien elle a de clients : une centaine. Cent, c'est aussi le nombre donné par les autres producteurs des Bourdets. J'imagine ma France idéale, couverte de petites fermes agroécologiques, abreuvée de circuits courts, et je me demande combien il faudrait de Bourdets pour nourrir soixante-dix millions de personnes de cette façon, et si on a assez de place, si c'est faisable, si ce n'est pas un fantasme de bobo. Je commence à me lancer dans des calculs hasardeux, puis je me souviens que des gens plus compétents que moi se sont certainement posé cette question.

Après quelques recherches, je trouve une application développée par des chercheurs indépendants et des associations à but non lucratif[1] qui simule précisément l'emprise au sol de l'alimentation[2] en France, en mobilisant essentiellement des statistiques et des rapports publics[3]. Tout un chacun peut indiquer son régime alimentaire, et l'outil visualise la parcelle nécessaire, indiquant la taille et la répartition des surfaces selon les productions. Je découvre que la viande, les œufs et les produits laitiers consommés par le Français moyen représentent les trois quarts de l'emprise au sol en comptant les surfaces nécessaires aux animaux et à leur alimentation.

Je prends le problème par l'autre bout : en partant du territoire, pour savoir combien il pourrait nourrir de personnes. En France, il y a 29 millions d'hectares de surfaces agricoles utilisées, soit un grand jardin qui occupe un peu plus de la moitié de la surface de l'Hexagone. Si notre régime alimentaire reste le même et si la production est intégralement relocalisée (contrairement à aujourd'hui) et passée en bio, ça déborde : il faut 42 millions d'hectares pour nous nourrir. Si, en revanche, nous baissons d'un quart notre consommation de produits animaux, ça marche, il ne faut plus que 27 millions d'hectares pour nourrir tout le monde. Si on la réduit de moitié, 19 millions d'hectares suffisent. À condition de modifier nos habitudes et de manger moins de viande mieux produite, sortir de l'agriculture industrielle ne signifie pas plonger dans la famine.

Au contraire, c'est le fait de continuer à miser sur l'agro-industrie qui est dangereux. Dans leur rapport intitulé « Vers la résilience alimentaire » et paru en 2020, l'association Les Greniers d'Abondance[4] tire un constat simple : l'élevage industriel et l'agriculture chimique ne sont pas en capacité de nous nourrir durablement, parce que ces modèles vont buter sur des limites physiques. Il s'agit notamment de la baisse de la disponibilité des énergies et des matières fossiles (dont dépendent l'extraction, la production et le transport d'engrais de synthèse et de pesticides, les machines agricoles et les flux logistiques) et de la chute de la « biocapacité » terrestre, qui induit des baisses de rendement (perte de fertilité des sols à cause des traitements chimiques à répétition, de l'érosion, problèmes de ravageurs ou de pollinisation à cause de la perte de biodiversité, stress hydrique à cause de l'emballement climatique lié aux gaz à effet de serre et à la déforestation, etc.). Les limites de ce modèle se ressentent déjà en France, avec les restrictions d'eau en été, l'effondrement des populations d'abeilles, les maladies liées aux pesticides ou les manifestations d'agriculteurs qui protestent contre la hausse des prix du carburant et des engrais chimiques. La prolongation du mode de production agro-industriel répond à des logiques mercantiles déconnectées des réalités physiques et relève d'un court-termisme frisant le suicide.

Relocaliser l'agriculture, généraliser le bio et les pratiques agroécologiques n'est pas juste une lubie d'écolo nostalgique du bon vieux temps, c'est la seule option durable que nous ayons.

J'ai repensé aux animaux dans ce contexte. Si nous voulons faire de l'agriculture, il n'est pas dit que les humains en aient fini de travailler avec les bêtes. La polyculture élevage pourrait revenir au goût du jour. Si le pétrole et la chimie ont remplacé les animaux, les animaux peuvent aussi remplacer le pétrole. Les terres peuvent être fertilisées avec des végétaux (engrais verts contenant des fixateurs d'azote, compost) et des déjections. Les animaux sont d'ailleurs particulièrement intéressants, parce qu'ils accélèrent la décomposition de la matière organique et permettent de la restituer plus rapidement au sol qui a été cultivé, épargnant du travail aux humains[5].

Pour certains travaux, Marianne et David, les maraîchers des Bourdets, utilisent leur cheval de trait et laissent le tracteur au garage. Quand j'ai discuté avec Noémie du jour où le prix du pétrole deviendrait prohibitif, elle m'a répondu qu'il n'y a pas plus malin qu'un paysan pour s'adapter, et qu'aux Bourdets ils trouveraient, ils s'organiseraient. Peut-être même que ça les rapprocherait du mode de production encore plus éthique auquel ils aspirent, mais qui ne peut pas exister tant que le pétrole fausse le prix des aliments.

En gardant le scénario de la relocalisation bio avec un quart de produits animaux en moins, la simulation dit qu'il faudrait un million cinquante-six mille paysans pour faire tourner les fermes. Un million, c'est aussi le chiffre avancé par la Confédération paysanne. En 2022, il y a quatre cent mille agriculteurs exploitants en France. Ils représentent 1,5 % seulement de la population active. Un agriculteur sur deux partira à la retraite d'ici à dix ans. Je lève le nez de l'ordinateur et je me mets à la fenêtre de l'appartement où je suis en train d'écrire, comme un vieux. C'est une rue lilloise à dominante de brique, il y a une file de stationnements pour les bagnoles. À côté, un trottoir, et dessus, un type avec un manteau un peu long qui promène son chien au bout d'une laisse. Il attend, le regard vague, sac plastique à la main, que le toutou ait fini de marquer son territoire. Je le regarde, je repense aux chiffres et je me demande : qui va nous nourrir ?

Troisième partie

Ne pas se laisser abattre

Fenêtre

Nouveau séjour à Auch. Je viens de me glisser dans mon duvet, sur le canapé, douché, mes yeux commencent déjà à se fermer sur les quelques pages que j'essaie de lire. Je capitule avec plaisir, en me laissant couler vers le sommeil. Avant que le livre ne me tombe des mains, je plie la page. J'en ai lu deux. J'éteins, mais une lampe s'allume dans l'escalier et j'entends Noémie au téléphone qui dit qu'elle arrive. Je regarde le plafond. Lisa, sa coloc, se prépare aussi. Ce sont ses parents qui ont appelé. Avant d'aller se coucher dans leur camping-car stationné à la ferme pour les vacances, ils ont fait un tour des cabanes pour voir si tout allait bien et sa mère a vu le premier porcelet en train de téter dans la cabane de la truie qui devait mettre bas. Elle me dit que je ne suis pas obligé de venir, mais la curiosité l'emporte sur la fatigue, je me rhabille. On prend place dans la fourgonnette qui s'enfonce dans la nuit. Noémie n'assiste pas à toutes les mises bas. En général, les truies se débrouillent, mais Obépine a manqué d'eau à cause d'une panne d'abreuvoir et elle a arrêté de s'alimenter alors qu'elle aurait dû manger plus que d'habitude. Elle risque d'être trop faible pour contracter suffisamment.

On arrive entre onze heures et minuit, le froid est sec. Le faisceau des frontales illumine notre souffle. Obépine est couchée sur le flanc, au milieu du nid de paille. Le nouveau-né me fait penser à un éléphanteau. Il est gris anthracite, et les oreilles qui lui tomberont devant les yeux sont encore plaquées contre son crâne. Il tète maladroitement une des quatorze mamelles gonflées de lait. La truie pousse de grands râles plaintifs qui ont remplacé sa respiration. Elle semble déjà épuisée. Noémie lui passe délicatement la main sur le ventre. Exactement comme une sage-femme. Avec Lisa, nous sommes en retrait dans un coin de la cabane. L'empathie nous rend silencieux. J'oublie que c'est une truie. Je suis face à un autre mammifère, en train d'accoucher. J'imagine que, dans une maternité, je pourrais assister aux mêmes efforts, au même état second, au même son du petit qui tète. Je ne pense à rien d'autre qu'à ces porcelets à qui elle doit donner le jour pour pouvoir se reposer enfin.

Noémie est préoccupée. Normalement, il ne doit pas se passer plus d'une demi-heure entre deux porcelets, et ça va faire une heure que le premier est sorti. Pour stimuler les contractions, elle décide de faire une injection d'oxytocine[1], prescrite par le vétérinaire en cas d'urgence. C'est la dernière dose qu'elle a, deux millilitres. Elle pique dans l'échine, Obépine ne réagit pas. L'effet se fait sentir une dizaine de minutes plus tard, quand les contractions reprennent de plus belle. Noémie reprend confiance. Un premier porcelet sort du conduit utérin. Il est de la taille d'une grosse trousse d'école, luisant de liquide amniotique. Il ne bouge pas encore. Notre souffle est suspendu. Il arrive que les porcelets soient mort-nés. Mais il éternue, s'étire, il est vivant. Génial, bienvenue au monde, petit gars, on est en deux mille vingt et un dans un endroit qui s'appelle le Gers et il fait nuit noire. Noémie le place devant une tétine. Première minute d'existence.

L'injection a bien fonctionné. En moins d'une heure, Obépine expulse quatre autres porcelets en pleine forme. Mais à nouveau plus rien. Pourtant, le placenta n'est pas sorti, ce qui veut dire qu'il y a probablement encore du monde dedans. Les massages de mamelles ne suffisent pas à faire remonter son taux d'ocytocine, les contractions sont trop faibles. Il faudrait une deuxième injection, mais à deux heures du matin c'est encore plus compliqué d'en trouver que d'habitude. Noémie essaie les vétérinaires de garde. Elle tombe sur un serveur vocal, tapez un, tapez deux, merci de rappeler ultérieurement. Chez le deuxième, ça sonne à l'infini, et le troisième répond, dans le coaltar, qu'il ne s'occupe que des chiens et des chats, sans laisser à Noémie le temps de lui dire qu'il lui faut juste de l'oxytocine, que c'est le même produit pour tous les mammifères et que son animal souffre. « Désolée madame, bon courage madame », et il raccroche. À mesure que l'heure avance et que nous restons immobiles, la morsure du froid est plus puissante. Noémie aussi commence à geler, mais elle n'a plus le choix, il faut fouiller la truie. Elle enlève une manche de son manteau et de sa polaire, attrape un gant immense qu'elle enfile jusqu'à l'épaule et l'enduit de lubrifiant. Elle se couche sur le flanc, le buste perpendiculaire à l'arrière-train de son animal, comme elle peut, et commence à introduire sa main dans la vulve en faisant une pointe avec ses doigts. Délicatement, elle continue à s'enfoncer. Il me semble que la respiration de la truie est plus bruyante. Noémie a maintenant rentré son coude et elle sent quelque chose. Elle a répété ces gestes avec Catherine, mais il subsiste toujours une part de doute sur ce qu'elle touche. Si, c'est bon, elle croit tenir une petite patte. Les contractions lui compriment le bras. Le porcelet est réaspiré par l'une d'elles, mais elle le rattrape et finit par l'extraire. Vivant.

Elle répète l'opération plusieurs fois, ressort parfois bredouille, n'extrayant qu'une matière visqueuse qu'elle prend pour une partie du placenta. Dans le lot, il y a un mort-né, d'une couleur plus pâle que les autres et pourtant si semblable. Je me dis qu'il est passé près de la vie. À trois heures du matin, Noémie installe la lampe chauffante qui illumine la cabane en rouge. Elle ne sent plus rien en fouillant sa truie et ne veut pas abuser. Elle a fait ce qu'elle pouvait pour soulager son animal, qui fera le reste. On verra demain.

Obépine a donné naissance à treize porcelets au total, ce qui est beaucoup pour un porc noir, la moyenne oscillant entre sept et huit. Je me demande encore comment toutes ces trousses tenaient dans son corps. Sur les treize, deux mort-nés et deux écrasés. Il arrive que, lorsque la truie se retourne, elle écrase accidentellement les petits qui se trouvent au mauvais endroit. Épuisée, Obépine n'a pas eu le réflexe de se relever pour qu'ils se dégagent. Noémie dit qu'ils étaient splendides, c'est dommage. Elle dépose les quatre corps inertes dans un seau qu'elle éloigne du nid. Les autres sont en pleine forme et tètent goulûment. Leur mère se remet doucement. Certains jouent.

Elle me parle toujours du lien au vivant comme un lien au réel, incarné par les éleveurs et les paysans. Au début, je ne comprenais pas tellement ce qu'elle voulait dire. J'avais l'impression qu'il suffisait de savoir ce qu'il faut d'aliments et d'espace pour élever un cochon, comment on fouille une truie, combien pèse une carcasse, combien de temps est nécessaire pour la découper, mais toute la nuance est là : il ne s'agit pas seulement de savoir, il faut ressentir. Comme nous sommes des êtres qui fonctionnent au moins autant avec les émotions qu'avec la raison, l'expérience sensible est fondamentale dans l'apprentissage. Sur le conseil de Noémie, j'ai lu *Lettre aux paysans sur la pauvreté et la paix,* écrit en 1938 par Jean Giono, qui redoutait la Seconde Guerre mondiale. Je crois que lui aussi faisait allusion à ce lien :

« Quand vous semez une poignée de semence ou quand vous attendez l'agneau entre les cuisses ouvertes de la brebis, et vous le recevez tout sanglant dans vos mains : voilà la vérité de l'existence humaine. »

J'ai compris pourquoi les cochons ne pouvaient pas être réduits à une empreinte carbone par kilogramme : ils sont une fenêtre sur le réel.

Bien-être

8 juin 2021

Sur les neuf porcelets d'Obépine, je compte cinq femelles et quatre mâles. Je prévois de castrer ces derniers à l'âge de trois jours. Louise, de passage pendant ses vacances, appréhende : elle a vu les vidéos-choc des associations de protection animale, qui mènent une campagne retentissante contre la castration à vif des porcelets. Ces images, je les ai vues aussi, et elles m'ont fait frissonner : les porcelets en surnombre, griffés et faiblards, criant sous les néons auprès de truies enfermées dans des cages individuelles, dans les bâtiments de violence et de désolation des élevages industriels.

Chez moi, le décor est bien différent. Obépine se promène en liberté avec ses porcelets, sous le soleil. J'emmène les petits mâles loin de la mère et, telle une chirurgienne, j'opère à la vitesse de l'éclair. La manœuvre est rapide, efficace, calme : bombe à froid (remplacée depuis janvier par une anesthésie locale à la lidocaïne[1]), incision de la bourse, section du testicule, désinfection, anti-inflammatoire pour la douleur postopératoire, retour du petit cochon chez ses congénères. Il gambade illico.

La manœuvre complète m'a pris quinze secondes. Louise est étonnée. C'est tout ? Pas de cris pendant l'opération ? Non. Juste le cri du porcelet quand on l'attrape, et qui cesse une fois qu'il est à bras et rassuré. Cela dit, j'ai beau opérer vite et bien, j'aimerais encore mieux ne pas opérer du tout. Alors, pourquoi cette castration ?
Mes porcs noirs sont élevés environ quatorze mois, soit huit mois après leur puberté. Sans castration, c'est l'orgie dans les cabanes. Les mâles entiers passent leurs journées à courser et à chevaucher les femelles. Frustrés, ils tentent de franchir les clôtures. La deuxième raison, c'est la mystérieuse « odeur de mâle ». Avant de m'y retrouver confrontée, j'avais lu que seules deux à trois pour cent des carcasses étaient concernées. Pas de quoi fouetter un chat. Début 2020, j'ai changé d'avis.
Dans une cabane, j'avais repéré un mâle en train de saillir l'une de ses sœurs. La faute à pas de chance : il arrive que le testicule ne sorte pas et reste interne, invisible, jusqu'à ce qu'un comportement trahisse sa présence. Sur-le-champ, l'auteur de l'inceste était baptisé Monoc, cochon monocouille, et gagnait son ticket pour la bétaillère.
À la salle de découpe, tout se passait bien, jusqu'à ce que je soulève le grand couvercle de la marmite où cuisait la viande du boudin. Le nuage de vapeur qui s'est dégagé a manqué de me faire vomir. « Odeur de mâle » est un doux euphémisme pour décrire l'émanation fétide, mélange d'urine et de sueur, qui s'en est prise à mes narines, à mon larynx et au fond de ma gorge.
Les coupables ? Deux hormones mâles logées dans les molécules de gras, qui se révèlent à la cuisson. En formation de boucherie, j'avais appris à contourner le problème :

éliminer tout le gras pour transformer le maigre en salaison (saucisson, noix de jambon, viande séchée en général), ou bien ajouter des épices en guise de cache-misère, pour fabriquer du chorizo ou du boudin noir. J'ai tenté le tout pour le tout pour que la viande ne soit pas perdue.
Chloé était avec moi. Malgré le stress de la perte économique, le moment était joyeux, la fatigue nous faisait rire. On n'avait jamais autant prononcé le mot couille que dans cette salle de découpe pleine d'hommes. Plusieurs semaines plus tard, je retourne au séchoir pour goûter les saucissons et les boudins préparés ce jour-là. À vue de nez, rien d'anormal, mais dès la première bouchée un goût âcre colonise mon palais et y reste imprimé pendant des heures. Je condamne tout le lot. Financièrement, c'est un désastre.
Le gouvernement et ses experts préconisent la « voie du mâle entier » comme alternative à la castration : il faudrait utiliser la viande de neuf porcs femelles pour « diluer » l'odeur d'un porc mâle odorant, et fabriquer des produits très transformés : mousses, émulsions, pâtés, avec force épices et additifs. Cette méthode, adaptée à l'industrie, est inaccessible aux petits éleveurs, qui ne disposent pas d'un volume suffisant et n'utilisent pas d'additifs de synthèse.
Une autre solution, présentée comme miraculeuse par les associations de bien-être animal, est l'immunocastration. Dans une lettre au ministre de l'Agriculture du 30 juillet 2021, l'association Welfarm, qui milite pour la protection des animaux de ferme, la décrit « comme un vaccin ». Je tique. Comment un inhibiteur d'hormones sexuelles peut-il être décrit ainsi ? Pour moi, cela a toutes les caractéristiques d'une castration chimique, d'un traitement hormonal, ce qui est un tabou dans l'opinion publique et une

ligne rouge en élevage depuis les scandales du bœuf aux hormones.
Un courrier plus tard, la dérive sémantique s'accentue, les associations passent à l'affirmative : « C'est un vaccin. » Inoffensif, rassurant : « Il y a lieu de dire aux consommateurs la vérité sur l'immunocastration [...]. Il est parfaitement clair qu'il ne s'agit pas d'un traitement hormonal[2]. »
Je me renseigne, j'interroge des vétérinaires, je trouve la notice du produit en question, l'Improvac®, traitement commercialisé par Zoetis, filiale de Pfizer : inhibiteur de l'hormone lutéinisante (LH) et de l'hormone folliculostimulante (FSH), deux hormones mâles gonadostimulantes synthétisées dans le cerveau sous contrôle de l'hormone de libération des gonadotrophines hypophysaires (GnRH). Plusieurs injections sont nécessaires au cours de la vie de l'animal, dont la dernière effectuée peu de temps avant l'abattage. Ce traitement miraculeux fonctionne également pour les verrats, ces porcs mâles reproducteurs dont les testicules font la taille de ballons de rugby. Il suffit de trois injections pour totalement stopper leur activité sexuelle. Comment peut-on parler de vaccin ? Demander à des éleveurs de manipuler de tels produits ? Faire manger la viande aux consommateurs après ?
Les questions fusent dans ma tête. Par quel miracle un inhibiteur hormonal a-t-il réussi à se frayer un chemin vers le règlement européen sur les traitements immunologiques[3] ? Quelles ont été les forces en présence derrière les portes grises de la Commission européenne ou dans les couloirs feutrés des ministères ? Je ne sais pas ce qui se trame, mais j'ai l'impression d'être en face d'un cas d'école de lobbying. « Lobbying » : c'était mon cours préféré

pendant mon dernier semestre à Sciences Po, et une carrière que j'ai bien failli embrasser. Mon dernier boulot à Londres, dans un cabinet de conseil indépendant, m'avait permis d'interroger quelques-uns des complexes rouages de la Commission européenne. J'y ai rencontré des fonctionnaires intègres et engagés, et d'autres qui élaboraient, dans le mépris de la consultation citoyenne, des normes coécrites par des « experts » et des représentants de la société civile plus ou moins ouvertement liés à des firmes[4]*. Le 22 septembre 2021, je tombe des nues en lisant le compte rendu d'une réunion entre les syndicats, les interprofessions du porc et le ministère de l'Agriculture au sujet de la castration chimique : « Il faut faire attention à ne pas retomber dans les travers des sujets tels que les hormones de croissance. Il faut une approche positive en termes de communication. » Je me sens impuissante : le débat contradictoire, le principe de précaution, l'information des consommateurs ne sont pas évoqués. De la communication seulement, cet opium du peuple, pour contourner le débat public, déguiser une question politique en problème technique. Parmi les dizaines de millions de consommateurs de porc, qui a le temps de s'intéresser au sujet si anecdotique de la castration des porcelets et des traitements vétérinaires qu'on leur administre ? Pourtant, quand un scandale éthique et sanitaire éclatera, on nous le reprochera : « Vous, les éleveurs, vous saviez ? Vous n'avez rien dit ? » J'ai hésité à écrire ces lignes. J'ai eu peur de nommer le laboratoire. Je connais des éleveurs lanceurs d'alerte qui ont subi des années de pression et de frais de justice pour avoir osé dénoncer les dérives des productions industrielles*[5]*.*

Pour moi, ce dossier constitue une ligne rouge éthique : je ne piquerai jamais mes animaux avec un produit pareil. En recollant les morceaux de la propagande pour l'immunocastration, j'ai le vertige. Pourquoi les associations de bien-être animal, dont je respecte par ailleurs le travail, consacrent-elles tant d'énergie à combattre une castration si répandue chez les animaux de compagnie plutôt que de s'attaquer à la racine du problème : la souffrance chronique des animaux dans les élevages industriels ? Cette diatribe pour légitimer un produit pharmaceutique est-elle vraiment la leur ? Ne voient-elles pas que les industriels profitent de la castration chimique pour se faire les champions du bien-être animal et pointer du doigt les petits éleveurs qui défendent le modèle bio et extensif cher à ces mêmes associations[6] ? À mon avis, l'odeur de mâle couvre une odeur plus putride encore : celle du profit d'un laboratoire pharmaceutique qui fait peu de cas de la santé publique, de la transparence et du bien-être animal.

À quand le jour où les étiquettes des paquets de saucisses auront l'obligation d'afficher le nombre d'injections d'antibiotiques, de doses d'Improvac reçues par l'animal, en plus du brevet du soja OGM dont il a été nourri et des pesticides utilisés pour faire pousser ce soja. Imaginez la taille des étiquettes. Imaginez la tête du Nutri-score : rouge vif, la couleur de la honte.

Pathos

En pleine réflexion sur la castration chimique, j'ai assisté à la conférence gesticulée d'une fille qui expliquait comment elle était devenue végane et militante animaliste. Elle a déroulé le laïus habituel sur le fait qu'on n'avait pas besoin de manger de la viande, la barbarie de l'élevage industriel – comme si c'était le seul élevage, d'ailleurs –, l'antispécisme, la question de la sensibilité et de la souffrance qui différencie la carotte de la vache et, clou du spectacle, elle a fait venir son chien sur scène pour lui faire un gros câlin devant tout le monde. Et j'ai pensé : qu'est-ce qu'il mange ce chien ? Il y a trois chances sur quatre pour que ses croquettes soient issues de sous-produits de l'industrie de la viande.

J'ai compris ce paradoxe des croquettes en lisant *la Mort et l'Animal,* de Charles Stépanoff. Pour lui, l'approche paysanne de l'animal est remplacée dans les sociétés urbaines par une approche « pathocentriste », centrée sur la souffrance des animaux. C'est un abandon de la pensée systémique, une négation du rôle des animaux dans l'écosystème. On ne se demande pas à quoi ils contribuent, mais seulement s'ils souffrent. Les animaux du combat animaliste sont les grands mammifères qui ressemblent le plus aux humains, parce que le pathocentrisme est anthropocentré. De fait, L214 prend rarement la défense des lombrics, qui ont pourtant un rôle central dans la fertilité des sols où pousse l'alimentation végane. Ce régime n'est d'ailleurs pas nécessairement respectueux de l'environnement dont dépendent nombre d'animaux : certains produits véganes sont issus de l'agriculture chimique et de terres ravagées par les machines (on pourrait émettre des réserves similaires à l'égard des produits labellisés Agriculture biologique).

L'histoire des croquettes est caractéristique de la relation binaire que la société industrielle entretient avec les animaux. D'un côté, il y a les « animaux enfants » : toutous d'appartement, toilettés, castrés, asservis, soignés, traités avec paternalisme, anthropomorphisme, mais protégés. De l'autre, il y a les « animaux matière », dont les sentiments sont niés et qui sont uniquement voués à la production industrielle de protéines animales. Stépanoff émet l'hypothèse que ce sont les deux faces d'une même pièce : la relation à l'animal enfant est un moyen de se racheter une conscience par rapport à ce que nous faisons subir à l'animal matière. Ce que j'observe chez Noémie n'est pourtant ni de la protection ni de l'exploitation, mais une relation qui me semble plus naturelle.

8 mai 2022

« Un troupeau, ça met du temps à se créer » : quand mon maître de stage, éleveur de vaches et de porcs en biodynamie, m'a dit ça il y a cinq ans, je n'ai pas compris tout de suite. Je pensais qu'il suffisait d'acheter des animaux pour qu'ils forment un troupeau. Je ne comprends ses mots que maintenant que je suis devenue éleveuse à mon tour : un troupeau, c'est une dynamique, une énergie, qui se crée au fil du temps. Le troupeau se cale sur l'éleveur et finit par lui ressembler.
Les animaux ressentent notre énergie et nos intentions, j'en ai l'intime conviction. Les cavaliers le disent, les vieux l'affirment. C'est presque ésotérique. Je l'observe sur mon propre troupeau, qui a tant évolué en trois ans. Au début, déplacer les cochons entre les cabanes ou les charger dans la bétaillère était un calvaire : comme moi, les animaux manquaient de confiance. Au moindre obstacle, ils prenaient peur et partaient en courant, comme des proies en fuite. Et puis, un lien de confiance a commencé à se créer avec les truies, Merveille d'abord, puis les autres. De proche en proche, ce lien social de douceur s'est diffusé à tout l'élevage. Les déplacements sont devenus des moments de jeu : les cochons me suivent à la voix et avancent au pas, sans peur.
Depuis peu, je les emmène enfin pâturer sur la colline. Ils me suivent en trottant, les oreilles rebondissant sur leurs yeux, attachantes boules de poil. Quand ils ont assez mangé, assez couru, ils rentrent d'eux-mêmes dans leur cabane. C'est dans ces moments de lien à l'animal, de confiance mutuelle, de drôlerie, que je trouve tout le sens de mon métier d'éleveuse. Mes animaux sont beaux et

passent leur journée à manger, à marcher, à jouer et à dormir. Ils cherchent l'interaction avec moi et sont sereins. Je crois qu'ils vont bien.
Ils testent en permanence les limites de leur territoire. Je ne suis plus stressée, comme avant, par les fils de clôture qui cassent. La parcelle étant entièrement grillagée, les cochons ne peuvent pas aller bien loin. Surtout, ils me font rire. Il y a six jours, un gang de quatre petits cochons s'est fait la malle. Ils ont trouvé la vanne du tuyau d'arrosage. À mon arrivée, Versailles : grandes eaux, spectacle, cochons sous le jet, aux anges. J'ai sonné la fin de la récré en coupant la vanne. Pas farouches, ils sont tout de suite venus chercher des caresses et m'ont tranquillement suivie jusque dans leur cabane.
Ce lien quotidien à l'animal renforce ma sensibilité au vivant, mais il me rend aussi, peut-être, intransigeante sur les incohérences de certains discours urbains ou véganes qui méconnaissent la sensibilité des éleveurs. Je refuse de me laisser emmener dans ce discours manichéen qui rangerait les éleveurs du côté des méchants, des tueurs, des sans-cœur, et les urbains véganes du côté des gentils qui respectent la vie. Le vivant, justement, est plus complexe que cela. Choisir la vie, c'est choisir la mort. Je le répète comme un mantra. Il m'est insupportable de recevoir des leçons de personnes qui s'achètent une bonne conscience en décidant de s'extraire du rapport à l'animal plutôt que d'oser le regarder en face, dans sa complexité et son ambivalence. Les produits non animaux, issus de circuits longs, conventionnels, industriels, portent aussi leur lot de mort, celle qu'ils occasionnent aux sols, à la biodiversité, à leur écosystème, et la mort de nos idéaux : les inégalités, les

monopoles de rente, le désastre social qui advient lorsqu'on délègue à quelques-uns le pouvoir de nous nourrir tous.
Cette perte contemporaine du lien millénaire à la sensibilité animale ainsi que la responsabilité de l'agro-industrie, qui a transformé la bête en facteur de production, sont décrites en détail par Jocelyne Porcher dans ses essais Vivre avec les animaux *et* Cause animale, cause du capital. *Selon la chercheuse, ce qui constitue l'essence de l'élevage, ce pacte entre l'humain et l'animal, c'est la relation de travail qui les unit. La question qui reste en suspens, en revanche, c'est toujours celle de la mort. Si le consentement au travail peut sembler évident, par exemple pour les chevaux de trait des Bourdets, qui viennent d'eux-mêmes au contact des maraîchers et se prêtent volontiers, comme par jeu, au travail du sol, il l'est moins pour mes cochons. Je travaille avec eux, mais travaillent-ils pour moi ? Non, ils vivent juste leur vie de cochon. J'imagine que je ne suis qu'un élément dans leur quotidien : leur bras nourricier, leur voix à suivre sur la colline, leur bipède avec qui interagir et de qui guetter les caresses. Mais ils ne travaillent pas, non. En revanche, pour moi, le fruit pécuniaire de mon travail avec eux vient de l'acte de mort que j'exerce sur eux. Peut-on dire que l'animal est consentant à ce travail-là ? Consent-il à devenir nourriture pour nous ? Clairement, non. Je ne conçois pas qu'un être vivant puisse consentir à sa propre mort.*
Ma seule façon de vivre avec cette idée, de côtoyer ce dilemme en conscience, c'est la promesse que la mort de l'animal n'est pas la finalité de son élevage. Si mes cochons servent leur écosystème en en étant les poubelles, les tondeuses, les fertilisants, alors ils ont un rôle à part entière

dans le cycle du vivant. L'acte de mort vient alors réguler un nombre, rétablir un équilibre. J'ai réduit mon cheptel cette année, également pour cette raison philosophique : je ne veux plus que mes cochons rentrent dans une logique de production de viande où leur mort serait la seule et unique finalité de leur vie.

Je ne sais pas si tous les éleveurs ressentent la même chose, mais je ne pourrai plus côtoyer la mort de mes animaux en conscience que si elle est occasionnelle, révérée et nécessaire. Dans le cas contraire, j'y perdrais mon âme. Je deviendrais un moulin à brasser la mort. Ça me ferait, à mon tour, mourir en dedans.

Mirage

Baptiste Morizot, un philosophe qui se questionne sur le rapport de notre société au sauvage, dit que la crise écologique que nous traversons est une « crise de la sensibilité » : c'est la déconnexion avec le vivant, la nature, l'animal, qui entraîne des réactions inappropriées aux problèmes que nous rencontrons. Je ne sais pas ce qu'il a pensé quand, en 2013, Mark Post a présenté le premier steak de viande artificielle. Pas de cri, pas de tête, pas de hasard, pas de vie ni de mort, mais des cuves en Inox, un laboratoire stérile, des cellules souches, un liquide nutritif, une grande quantité d'énergie et, à la fin, un machin qui ressemble à s'y méprendre à un steak haché industriel et qui coûte deux cent cinquante mille dollars. Pour creuser le sujet de la viande *in vitro,* j'ai emprunté le livre-enquête[1] de Gilles Luneau. Pour lui, cette volonté plus ou moins consciente d'exorcisation de la mort relève d'un projet transhumaniste qui consiste à vouloir faire mieux que la nature, y compris sur le plan de l'écologie.

Sur les sites des différentes start-up de la « viande cultivée »[2], on trouve des chiffres épatants sur la réduction de la consommation d'eau, de terres arables, et sur la diminution des émissions de gaz à effet de serre. Mais c'est un peu trop beau pour être vrai et, sauf pour les promoteurs de la viande artificielle, de grosses questions se posent. Le liquide nutritif nécessaire à la culture des cellules souches est encore extrêmement cher et difficile à produire, le « bioréacteur » où est cultivée la matière doit être chauffé en permanence pour que les cellules se développent, la stérilité totale doit être garantie pour qu'aucune bactérie ne se développe, impliquant l'utilisation de plastiques à usage unique et de produits chimiques désinfectants, il y a toute une infrastructure industrielle à construire et à entretenir. Le procédé est au final énergivore et plus polluant[3].

Je me questionne aussi sur les chiffres concernant l'impact du bétail avancés par les start-up de la viande artificielle pour montrer la supériorité de leur technologie. C'est à l'élevage industriel intensif au soja déforesté qu'elle est comparée, pas à l'élevage extensif à l'herbe du bocage. On pourrait aussi se demander comment on fertilise les cultures sans animaux.

Encore faut-il être au contact de ce vivant, ce qui n'est pas le cas des promoteurs de la viande artificielle, biberonnés à l'innovation technologique dans la Silicon Valley. Leur croyance profonde est que la société technicienne[4] peut tout régler, y compris l'effondrement écologique dont elle est elle-même responsable.

Si les start-up s'intéressent à la viande artificielle à coups de millions, c'est qu'il y a, au-delà de l'aventure et des croyances, un petit billet à se faire. Le marché mondial de la viande représente mille quatre cents milliards de dollars, ce qui ne me dit rien sauf que ça fait pas mal de fric. Les études de marché montrent que la « viande propre » pourrait rafler un dixième du gâteau[5], c'est-à-dire déjà un sacré pactole. Les premiers gros investisseurs de la viande artificielle ont été les GAFAM (les géants d'Internet), notamment Sergey Brin, cofondateur de Google. Ils sont maintenant suivis par les géants de l'agroalimentaire, qui ont peur de se faire distancer.

Une partie de cette manne irrigue les associations animalistes par l'intermédiaire de fondations aux noms enchanteurs, comme Open Philanthropy Project. La raison est simple : le fonds de commerce de la viande artificielle étant la culpabilité des carnivores, financer les gens qui l'entretiennent par leur dénonciation de la souffrance animale est plutôt malin pour préparer le terrain à la solution miracle de la « viande propre », qui permet de continuer à griller des chipolatas la conscience tranquille. J'imagine que les associations animalistes et véganes sont conscientes de cette instrumentalisation, c'est même peut-être une stratégie délibérée pour obtenir des financements et avoir un impact à grande échelle en s'associant avec les gros pois(s)ons.

Ce qui est aussi magique avec la viande artificielle, c'est que pour faire le bien il suffit de consommer différemment, de passer de la viande sale à la viande propre, d'acheter l'autre produit. C'est le consom'acteur qui décide. Pourtant, dans les deux cas, c'est l'industrie qu'on met dans son caddie : les injustices, les dégradations, les Jean-Paul Bigard, cent cinquante-septième fortune française. Contrairement à ce qu'ils prétendent, les gens comme lui ne font pas que répondre à la demande des consommateurs, ils la créent pour régner en maître sur le marché de l'alimentation.

L'enjeu pour les géants de la viande, intensive ou artificielle, est l'instauration de monopoles de rente *via* la création et le brevetage de modifications génétiques et de technologies pour organiser la dépendance des éleveurs ou des futurs producteurs de viande artificielle. C'est une stratégie analogue à celle des semenciers, qui ont conçu des variétés végétales hybrides ou OGM non reproductibles, brevetées et rendues obligatoires à la suite de leur homologation dans un catalogue officiel[6]. Ce qui se joue, c'est l'imposition d'une technologie antidémocratique qui rompt avec l'autonomie millénaire des paysans, génère des inégalités et asservit les producteurs.

Pour contrôler encore un peu plus le marché de l'alimentation, les grandes entreprises se sont mises depuis quelques décennies à acheter des hectares par centaine en profitant des faiblesses des institutions publiques censées lutter contre l'accaparement des terres. Jusque-là, les géants de l'agro-industriel et de la grande distribution se contentaient d'acheter la production en imposant des prix faibles et fluctuants. Leur projet est désormais de contrôler le foncier pour augmenter la production au maximum, à grand renfort de chimie, quitte à détruire les sols, et pour la rendre plus flexible et adaptable aux évolutions du marché. Ce qui se joue est le remplacement des paysans par des prestataires de services, des conducteurs de tracteur payés à la tâche, des chauffeurs Uber des champs, précaires et dociles, dénués de lien à la terre qu'ils cultivent[7]. Et revoilà Giono : « Si entre la terre et le corps on place l'argent, le paysan devient capitaliste ; si entre la terre et le corps on place la propriété d'un autre, le paysan perd ses qualités paysannes et il devient un ouvrier. »

C1

Épizootie

Le 4 novembre 2021, le ministère de l'Agriculture publie l'arrêté AGRG2133145A relatif à la grippe aviaire, dont aucun cas n'est encore déclaré en France mais qui est apparue dans différents pays européens. Les mesures imposées par le texte sont draconiennes : tous les éleveurs ont l'obligation de « mettre à l'abri » leurs volailles, c'est-à-dire de les enfermer dans des bâtiments. Les couloirs de migration de la faune sauvage sont pointés du doigt. Du jour au lendemain, l'élevage en plein air devient illégal.

C'est Noémie qui m'a alerté. Je me suis demandé pour quelles raisons, elle qui n'a plus de poules, s'inquiétait des mesures gouvernementales. C'est simple, les élevages concernés sont ceux d'Alain, de Blandine, de Lola, des copains, qui travaillent avec la même éthique qu'elle, en plein air. Les épizooties et leurs conséquences administratives touchent tous les animaux d'élevage, et donc tous les éleveurs. Noémie m'apprend que la grippe aviaire des cochons s'appelle la peste porcine africaine, et que les autorités appliquent les mêmes mesures aux porcs qu'aux volailles, suivant les mêmes principes, les mêmes stratégies, les mêmes calendriers, juste décalés dans le temps. En début d'année, des cas de peste porcine ont été identifiés en Italie, aux portes de la France, et Noémie sent comme une épée de Damoclès au-dessus de sa ferme, alors c'est même combat.

Chaque année ou presque, la grippe aviaire revient comme l'hiver. Les politiques de prévention ne semblent rien y changer. Chaque année, on enferme et on abat préventivement, et chaque année l'épidémie circule. Tous les ans, dans les pages du journal local, les représentants de l'industrie, relayés par la FNSEA, les chambres d'agriculture et les journalistes, accusent la faune sauvage de propager le virus. Pourtant, les rapports de l'ANSES, Agence nationale de sécurité sanitaire de l'alimentation, de l'environnement et du travail, montrent qu'une infime minorité des contaminations est due aux oiseaux migrateurs. Pour l'hiver 2021-2022, l'agence écrit que, sur les cinq cents cas de contamination, seuls trois sont potentiellement imputables à la faune sauvage, moins d'un pour cent. L'immense majorité des cas se déclare dans des élevages intensifs parmi des animaux aux défenses immunitaires affaiblies par l'entassement, le stress, les carences alimentaires, le manque d'air frais et de ventilation naturelle. La propagation est largement imputable au transport de bêtes infectées, qui parcourent souvent plusieurs départements en raison de la segmentation de la filière[1].

Plutôt que de remettre en cause le mode de production industriel, l'État applique les principes de la « biosécurité » à l'élevage, *via* un arsenal normatif qui s'étoffe chaque année pour tenter de pallier les dysfonctionnements inhérents au modèle productiviste. L'hypothèse, c'est que contrôler au maximum l'environnement de production pour s'approcher des conditions de laboratoire permettra d'éliminer les problèmes. Les mesures sont de plus en plus strictes, et les épizooties de plus en plus graves.

Contrairement aux années précédentes, où une dérogation pour le plein air était accordée aux élevages bio et détenteurs d'un label de qualité, l'obligation de claustrer concerne désormais tous les élevages, sans exception. Derrière le mot « obligation », il faut comprendre que les éleveurs paient des amendes et sont empêchés de vendre leur production s'ils ne respectent pas les normes. Cela implique constamment de nouveaux investissements qui, proportionnellement, pèsent plus sur les marges des petits éleveurs que sur celles des gros. Si la « mise à l'abri » devient obligatoire, les petites cabanes de Blandine ne suffiront pas et elle ne pourra pas suivre, c'est-à-dire construire de nouveaux bâtiments. Et elle ne voudra pas suivre. Noémie me dit que, pour une éleveuse plein air, le sens du métier est de voir ses animaux s'ébattre dehors, courir en pleine santé, picorer, gratter.

Pour eux, ce n’est pas une « mise à l’abri », c’est une mise en danger physiologique. En détournant les mots, les autorités font croire que les éleveurs qui refusent d’enfermer leurs bêtes refusent de les protéger et font courir des risques à la filière, à la profession, à la société. Ils sont jugés coupables, mais ne comptent pas se laisser abattre.

Lady Chatterton

16 novembre 2019

Il n'est pas simple de pénétrer dans un élevage intensif : la sacro-sainte biosécurité restreint de plus en plus l'accès à ces temples du tout-stérile, du tout-désinfectable, qu'on n'appelle plus poulaillers mais bâtiments, comme des labos, comme si l'on oubliait que les poules sont des oiseaux et que les oiseaux se perchent sur le bois des arbres.
Je suis au tout début de ma reconversion professionnelle. Je voulais m'essayer au soin quotidien d'une dizaine de poules, observer leurs comportements, leurs habitudes. Les apprivoiser pour mieux les connaître et mieux me connaître. J'ai trouvé sur le Bon Coin. « Poules de réforme, 2 euros, à venir chercher sur place. » C'était sur ma route au retour d'une formation dans le Cantal.
Un coup de fil et j'arrive sur le lieu de la... ferme ? Je comprends mieux le terme « exploitation agricole ». Le patron vient ouvrir une chaîne à l'entrée du site pour que je pénètre dans les lieux. On dirait une station spatiale de préparation à la colonisation de la planète Mars. Le sol est pelé, une grande plate-forme terrassée, pas un arbre. Des hangars grisâtres à la toiture incurvée, qu'on croirait construits

pour accueillir des avions plus que des êtres vivants avec des besoins physiologiques censés inclure l'eau, l'air et la marche. Ces hangars à machines abritent bien des machines à pondre : des poules, par milliers, qui n'ont jamais mis une patte dehors, jamais vu la lumière du jour.

Le patron et son fils m'ordonnent de rester à la porte. Je ne peux pas rentrer, mais je regarde : là-dedans, il me semble au départ qu'il fait nuit noire en plein jour, mais des ampoules diffusent en fait une lumière blafarde au-dessus des animaux. Les poules ne sont pas en cage, c'est déjà ça, elles sont au sol... mais quel sol... une masse de poussière brune se soulevant en nuage au passage du patron, qui cherche à attraper les premières venues. Il en saisit quatre dans chaque main, par les pattes, la tête en bas, et puis une en plus, c'est cadeau. Sont-ce encore des poules ? Pauvres choses déplumées, maigres, la crête rose pâle et molle comme une fraise Tagada mâchouillée par un enfant paresseux, le bec épointé. C'est une pratique interdite en bio, parce que ça les empêche de fouiller le sol et se nettoyer naturellement des parasites. En intensif, on le fait pour éviter qu'elles ne se piquent les yeux et le corps. Jamais vu un tel comportement chez les poules d'Alain, de Blandine ou de Lola. Les volailles font ça quand elles sont en état de stress intense. Soit un stress physique lié à leurs conditions de vie, densité, entassement, soit un stress alimentaire si leur régime est carencé en protéines et en minéraux. Et, dans une ration animale, ce qui coûte cher, ce sont les protéines et les minéraux.

Le patron enfouit les poules dans mon coffre, comme des poupées de chiffon dénuées de sensibilité. Je le paie. « Allez merci et bonne route. » Je pars. Je me renseigne après coup : une poule de réforme est d'ordinaire vendue pour une dizaine de centimes aux coopératives, qui les font passer en filières croquettes ou les incinèrent pour créer un peu de chaleur. Sombre nuit derrière le soleil du jaune d'œuf.

Ce jour-là, je rentre avec mes misérables poules dans le coffre, morbides poupées d'Halloween. Elles puent la fiente, c'est infect. Je leur parle. Les filles, je vais vous offrir du grand air. Même si vous ne pondez plus rien, je suis bien contente de vous avoir trouvées, car je viens de me prendre une sacrée belle leçon : c'est ça qu'on nous fait bouffer en supermarché. C'est injuste. Injuste pour les consommateurs, qui n'ont pas idée de ce qui se cache derrière leurs œufs. Injuste pour les poules, ces pauvres rouages entassés dans un engrenage implacable qui va de la machine-œuf à la machine-croquette... Je ne blâme pas le patron et son fils, ils ont du pain sur la planche d'après ce que j'ai pu voir, il y avait plusieurs bâtiments du même genre sur leur site. Je ne sais pas s'ils ont eu le choix, quelles consignes ou contraintes ils ont suivies pour installer tout ça. Ils doivent avoir des dettes aux fesses. Ils n'avaient pas vraiment le plumage vif et flamboyant, plutôt les traits tirés. Pas l'air fier de leurs animaux, même plutôt soulagés de s'en débarrasser, et que ça aille vite, allez merci et bonne route. Qu'est-ce qui les fait tenir ? La nécessité, je suppose. À quand sur le Bon Coin une annonce « Agriculteur de réforme, 2 euros, à venir chercher sur place » ?

Happy end pour ces poules. Il leur a fallu plusieurs jours pour oser sortir sur l'herbe, plusieurs jours pendant lesquels leur odeur de fiente s'est dissipée et a disparu, pour toujours. En quelques semaines, les plumes ont commencé à repousser, la crête a retrouvé une couleur rouge et s'est redressée. Elles ont commencé à se promener, puis à courir et à venir au contact. De sacrés petits animaux pleins de vie.

Le plus intrigant, c'est que même au pire de leur état corporel, elles continuaient à pondre. La génétique industrielle est si performante que ces poules pondent comme des ouvrières à l'usine, à la chaîne, des œufs calibrés, même si les ouvrières sont décharnées, déplumées. Y a pas de syndicat des poules pour porter leurs demandes. Alors elles continuent à pondre.

Pour être franche avec vous, les filles, vos œufs n'avaient pas grand intérêt les premiers jours, avec leur jaune pâle et fade. Au bout de quelques semaines, c'était mieux, plus jaune, plus dense. Pas encore le Pérou, mais déjà mieux. Je m'en fiche un peu de vos œufs, à vrai dire. Je suis surtout contente que vous ayez retrouvé vos plumes. Maintenant, c'est vous les stars. Je vous ai vues sortir de votre enclos, passer devant les chats la tête haute et les tenir en respect. Un conseil, seulement : ne goûtez pas trop à leurs croquettes.

Bien plus tard, quand je suis devenue agricultrice, les poules, ça a été mon quotidien. Pendant deux ans. J'ai fait ce travail chaque jour, goûté la qualité extraordinaire de ces œufs de plein air, au jaune orangé dense et vif et riche, au blanc contrasté, puis la couleur des pâtes à gâteau, des pâtes à choux, les compliments hebdomadaires des clients et leur émerveillement quant au goût retrouvé, à mille lieues de la fadeur des œufs des grandes surfaces. Et j'ai enragé souvent de me dire que ce goût « extraordinaire » devrait juste être l'ordinaire, et que c'est la fadeur de l'œuf

industriel qui devrait être considérée comme anormale, injuste, qui devrait être bannie.
L'œuf ou la poule ? Si l'œuf est riche et beau et sain, c'est que la poule l'est aussi.
La première année, j'ai eu des poules rousses, et la deuxième année, des noires, plus rustiques, plus vives. Tellement vives que plusieurs d'entre elles prenaient leur envol chaque jour pour venir me voir à la yourte. Des poules gangsters. C'était leur quartier, leur loi.
À force d'exploits, la cheffe du clan a gagné ses galons et un nom : Lady Chatterton. Elle dégainait ses ailes dès que j'avais le dos tourné. Et pour aller où ? S'enfuir, partir ? Non, pour me suivre partout et vivre chez moi. Je l'attrapais et la remettais dans son enclos, mais quand je me retournais deux minutes plus tard, elle était là, elle me suivait. Je lui ai mis un chatterton jaune et vert, ce petit scotch coloré d'électricien, autour d'une patte pour la repérer de loin. En fait, ce bout d'adhésif, c'était une métonymie : c'était bien elle, le scotch, le pot de glue, le chatterton toujours là pour vous coller.
C'est cocasse quand la frontière se brouille entre l'éleveuse et l'élevée. Qui tape à la vitre au petit matin ? Qui s'installe dans le stock de copeaux des toilettes sèches et prend un air outré si un humain ose entrer dans la salle de bains à l'heure de la ponte ? Un bruit sous l'étagère, souris ou... Lady Chatterton ? Plusieurs fois, elle a embarqué dans la voiture, s'est cachée sous le siège. Le combo parfait : envol, atterrissage rétro, vitre ouverte, volant, siège. Occasionnelle ponte sous les sièges. Penser à vérifier régulièrement, l'explosion d'un œuf oublié est drôle cinq minutes, mais c'est cinq semaines de misère olfactive ensuite.

J'ai arrêté les poules en début d'année. Seule, après le départ de Chloé, je ne pouvais plus me libérer le temps nécessaire pour faire deux marchés par semaine, j'ai dû couper dans les tâches les plus chronophages. J'ai vendu mes poules à des particuliers – en direct, vivantes, à des gens du coin qui allaient les aimer, hors de question que mes protégées finissent en croquettes. J'ai gardé une douzaine de poules. J'ai démonté leurs grillages et je les regarde profiter de leur liberté. Elles passent leur vie à errer sur cet immense terrain de jeu autour de Coquelicot, ce beau gosse de coq roi du harem, recueilli d'une autre ferme où il ne trouvait pas sa place, dominé par un vieux coq. Son plumage est devenu flamboyant. Il a de l'espace et, chaque jour, il chante le soleil. Il n'a sans doute pas conscience d'être aussi beau. Il n'a sans doute pas conscience qu'avec ses plumes d'or et de moire, c'est lui le soleil.

Sauve qui Poule

Samatan, Halle au Gras. Sous les néons de la grande salle, les longues tables ont été dressées sur les tréteaux. Dessus, les canards sont alignés par centaines de corps inertes, le cou pendant. Le secrétaire d'État chargé de la Ruralité, chemise blanche bien remplie et cravate rouge, donne le traditionnel coup de sifflet marquant l'ouverture du marché. Noémie est à l'extérieur avec Alain et Christine, son épouse, Blandine et d'autres éleveurs, des amis et des pancartes réclamant le droit de garder les volailles en plein air. Quand le secrétaire d'État chargé de la Ruralité apparaît enfin, il n'a pas un regard pour ceux qui l'attendaient. Il monte dans sa voiture et disparaît sous bonne escorte. Aujourd'hui, il se sera entretenu avec la vice-présidente de la région, le préfet, deux sénateurs, un député, un maire. Pour les agriculteurs, sa directrice de cabinet avait prévu le président de la chambre d'agriculture, la Fédération départementale des syndicats d'exploitants agricoles, les Jeunes Agriculteurs et l'interprofession du canard gras, tous fervents soutiens du modèle industriel. La Confédération paysanne et le MODEF[1], seuls syndicats à défendre le plein air, n'ont pas été conviés aux échanges. Le secrétaire d'État s'est contenté de lâcher qu'il comprenait que l'élevage en plein air ait peur de perdre son « mode de vie », mais qu'il s'agissait avant tout de « protéger la filière ».

Quelques jours plus tard, au pied du mur de la condescendance et du déni fleurit l'énergie du désespoir. Noémie, Christine, d'autres éleveurs et des consommateurs créent Sauve qui Poule Gers, l'association qui va porter leurs revendications, faire connaître le combat, organiser des actions. Ils décident de médiatiser la situation du plein air, de partager les chiffres qui leur crèvent les yeux et le cœur, de filmer leurs élevages, de s'enregistrer avec leur téléphone, comme ils peuvent, pour expliquer comment ils travaillent, ce qui se passe, pourquoi c'est absurde, injuste, inutile. Ils veulent dire la vérité au consommateur sur la poule qui gambade dans l'herbe sur l'étiquette des boîtes d'œufs et des poulets sous vide des supermarchés, mobiliser la communauté des clients du marché. En cas de contrôle des services sanitaires, certains émettent l'idée de venir soutenir l'éleveur pour qu'il ne se retrouve pas seul et ne se laisse pas intimider. En cas d'abattage administratif, si les animaux sont sains, ils parlent de blocages sur des fermes, de chaînes humaines, comme ce qu'ils ont fait au Pays basque.

Le 24 décembre, des membres de Sauve qui Poule Hérault, de la Confédération paysanne et de six autres organisations installent des dizaines de panneaux représentants des poules et des canards sur la place qui fait face au Conseil d'État, à Paris. Ils ont déposé un nouveau recours contre la claustration. Il fait grand beau, les passants passent et certains esquissent un sourire en lisant « Défendons nos canarades » sur les pancartes. Les éleveurs et les syndicalistes qui ont fait le déplacement sont atterrés de devoir aller jusqu'au centre de Paris pour pouvoir laisser leurs poulets dehors. Les éleveurs sont factuels, clairs, combatifs. Quand le porte-parole de la Confédération paysanne explique que les neuf cas de grippe aviaire de cette année ont exclusivement eu lieu dans des élevages industriels, claustrés, le ministère public évoque la faute à pas de chance.

À la ferme des Haies, chez Alain et Christine Coton, un groupe d'éleveurs a déclaré au journal *Libération* qu'ils n'enfermeraient pas leurs volailles, qu'ils ne les priveraient pas du ciel et de l'espace dont elles ont besoin pour rester en bonne santé. Une dizaine de jours plus tard, les Coton reçoivent un courrier de la DDETSPP[2], qu'on appellera comme avant, à des fins d'intelligibilité, la Direction des services vétérinaires. C'est un rappel à la loi qui mentionne explicitement l'article. Une intimidation, plutôt, une invitation à se tenir sages et à rentrer dans le rang s'ils ne veulent pas de problème. Ils décident de répondre aux expéditeurs pour les inviter à venir visiter l'élevage. Leur ferme est un modèle dans le coin, vingt ans de bio, la plantation de vingt mille arbres sur des champs achetés nus et morts, de la polyculture élevage, des céréales en agroforesterie, une production de volailles et de porcs en plein air et en autarcie, des premiers jours des animaux jusqu'à la vente directe, un paysan boulanger, une maraîchère, une boutique à la ferme, une programmation culturelle et, au final, un endroit tellement photogénique qu'on se demande si ce n'est pas un décor de cinéma. Les volailles d'Alain et Christine, tout le monde se les arrache, y compris le gratin administratif local.

Mais tous les éleveurs de Sauve qui Poule ne sont pas aussi enracinés qu'eux. Pour ceux qui se sont récemment installés, comme Noémie, surmenés, endettés, dépendants des aides, la lutte est plus difficile et plus risquée encore. Pourtant, ce lundi soir de janvier, une vingtaine d'entre eux sont venus dans la salle municipale de Lasséran prendre place sur les chaises empilables disposées en cercle. L'ordre du jour, c'est surtout de se mettre d'accord sur la position commune, décider si Sauve qui Poule suit une ligne douce ou une ligne dure, négocie dans le respect de la loi ou désobéit. Premières prises de paroles, un éleveur de poissons qui ne subit pas la crise de plein fouet conseille de rester courtois, de dialoguer, de faire des courriers pour demander des dérogations et d'exposer des arguments calmement pour que ça change. Désaccord d'un volailler, partisan d'une ligne dure : si les actions sont trop molles, si le dialogue consiste à se faire marcher dessus, il ne perdra pas son temps.

Petit à petit, la discussion stratégique sur les orientations vire à la thérapie de groupe. Les éleveurs et les éleveuses ont besoin de parler. Fabienne, ancienne directrice financière reconvertie dans l'élevage de poulets, a commencé à dire que, depuis son installation, l'administration lui rendait la vie impossible avec les normes, les dossiers, les contrôles. Elle a subi un abattage administratif l'an passé, et ç'avait été l'enfer pour obtenir les indemnisations, qui ne couvraient même pas ses pertes. Et pourtant, ses produits sont délicieux, les clients affluent toutes les semaines. Sa voix trahit l'usure. Ses larmes finissent par couler, sa détresse se transforme en rage. Si la même chose se produit cette année, elle n'aura pas la force de refaire ce chemin de croix parce qu'elle est rincée. Elle est prête à tout plaquer, à faire autre chose, à éponger financièrement. Elle a fait ça par passion, et maintenant elle s'épuise, elle se sacrifie, elle se demande à quoi bon. Quitte à faire mourir son élevage, elle est prête à embrasser la ligne dure. S'il le faut, elle mettra toutes ses volailles dans des caisses et elle les ouvrira sur la place du Capitole, à Toulouse, ou devant la préfecture du Gers. Elle n'abandonnera pas son élevage sans un grand feu d'artifice de colère et de désespoir.

La même amertume transparaît dans la voie d'Émilie, dont les volailles ont été abattues il y a deux semaines à cause d'un contrôle salmonelle. Elle avait fait faire une contre-expertise sous contrôle d'huissier, négative, mais on lui a rétorqué que ce n'était pas recevable. Elle aussi est déterminée à bloquer les camions de la mort et les tracteurs aux godets remplis de corps inertes qu'on déverse comme des ordures dans la benne d'équarrissage. Amandine, Florane, Louison et les autres partagent les mêmes injustices, la même détresse, les mêmes larmes, la même envie d'en finir avec les normes, avec cette souffrance indicible de ne pas pouvoir faire son travail correctement, de rompre avec ce système malade. Elles ont envie de gagner le maquis, d'être autonomes, de ne pas attendre la décision du Conseil d'État pour savoir si elles peuvent continuer à faire leur métier ou si c'est leur dernière saison. Pour finir, elles ont la même détermination à aller jusqu'au bout, à bloquer, à regarder les bourreaux du monde paysan dans les yeux. Alain et Christine Coton écoutent avec beaucoup d'empathie. Ils n'avaient pas tant de problèmes quand ils se sont installés, il y a vingt ans. Ils disent qu'ils n'ont plus de dettes, qu'ils sont solides et prêts à s'exposer pour les autres, pour la relève, à prendre plus de risques.

Dehors, le soleil termine sa course vers l'horizon et inonde la pièce de lueurs orangées. Dernière prise de parole. Certains éleveurs sont les modèles de Noémie. Elle les admirait comme des demi-dieux au moment de son installation, ces hommes et ces femmes solides comme des rocs face à tout ce qu'ils avaient à gérer, et qui finalement vacillent. Entre les murs, il y a encore de l'inquiétude, mais surtout une infinie tendresse. La séance est levée. Les éleveurs se retrouvent autour du buffet, où tout le monde a déposé quelque chose pour le dîner. Il y a des fromages, de la charcuterie, des vins, des produits fermiers, un beau festival de gastronomie gersoise. Droit dans les yeux, ils trinquent à leurs produits et aux vies qu'il y a derrière, à ces vies qu'ils sont déterminés à vivre, même si elles sont un jour rendues illégales.

Dissonance

20 décembre 2021

J'ai cravaché tout le mois pour gérer les animaux sous la pluie, manœuvrer les remorques dans la boue, découper et apporter aux clients les morceaux de viande des tablées de fin d'année. Je reste à Auch pour Noël et le Nouvel An : pas de remplaçant sur un élevage à cette période. L'élevage me rappelle que ma vie est ici. Ma famille quadrupède a besoin de moi au quotidien, jours fériés inclus. Le répit tant attendu était prévu pour janvier : un ancien de la bergerie m'avait promis de s'occuper de mes animaux une semaine pour me permettre de partir en vacances, d'aller voir les amis, d'écrire, de prendre le large, enfin ! Mais il a annulé sa venue. La perspective du répit disparaît et me casse les jambes. Alors que j'avais tout donné pour le sprint final, on m'annonce un nouveau tour de piste.
Le coup de grâce tombe le 24 décembre, à vingt heures. Le Conseil d'État a rendu sa première décision concernant la demande de suspension en référé des quatre arrêtés ordonnant la claustration obligatoire des volailles : tout a été rejeté. Il ne se prononçait que sur l'urgence et doit encore rendre une décision sur le fond, mais les

considérants motivant la décision me font tomber de mon siège : « La principale voie d'introduction de l'influenza aviaire est l'avifaune sauvage. » Peu importent les conclusions des rapports de l'ANSES, qui étaient pourtant limpides.

J'ai ressenti de la rage en lisant l'ordonnance. Où aviez-vous donc la tête, vous qu'on appelle les sages ? Qui vous a lavé le cerveau ? En récitant l'argumentaire des interprofessions de la volaille industrielle, ne vous rendez-vous pas compte qu'ils omettent volontairement de vous dire ce qui les dérange ? J'imagine qu'ils vous parlent d'emplois, d'exportations, de croissance, de PIB. N'oublieraient-ils pas de vous parler des risques sur la santé publique du modèle hors-sol, des environnements et des corps dégradés à l'abord des fermes-usines, de la souffrance chronique des bêtes, finalement abattues par millions chaque année par cette crise du déséquilibre ? Des éleveurs réduits à compter les morts dans les rangs de leurs animaux ou de leurs collègues ? C'est le jugement de la honte. Vous laissez l'agriculture industrielle entraîner dans sa chute les petits élevages. Et le Conseil d'État ose nous demander de claustrer nos animaux, de faire cet effort pour « protéger la filière », leur filière, la filière de l'industrie et de l'export.

J'aimerais penser que cette décision découle de l'ignorance de notre métier, mais j'ai l'impression qu'une manœuvre plus sourde est à l'œuvre en coulisses, comme une volonté d'éradiquer le petit élevage, d'éradiquer les alternatives à l'offre industrielle standardisée et bas de gamme, une lame de fond de plus en plus assumée. Quelques semaines auparavant, à l'Assemblée nationale, une députée de la France

Insoumise avait demandé la fin de la claustration obligatoire des volailles pour sauver le plein air, en urgence. Réponse du gouvernement : elle aurait tort d'opposer les petits élevages aux gros, car la norme en élevage, de toute manière, c'est l'industrie, et la filière industrielle est une filière de qualité, point final. Point suivant.
J'aime les mots, j'aime l'idée qu'une réalité puisse être décrite, visualisée, rêvée, partagée, juste avec vingt-six lettres. Ces mots, j'ai l'impression qu'ils sont volés par l'industrie. Violés. Oser nommer « élevage » un bâtiment d'usine fétide, carcéral, où les êtres vivants en souffrance sont désignés comme du « minerai », cela me révolte[1]*. C'est une insulte aux éleveurs, aux ancestrales relations entre l'homme, l'animal et son paysage, et c'est une tromperie vis-à-vis du consommateur, ignorant des conditions de production de ce qu'il mange. Agroforesterie, agroécologie, plein air, circuit court : ces mots lustrent les supports de communication du gouvernement. Les ministres en font leur beurre, mais sous la croûte le beurre est rance. La liste des mots volés est longue, le champ lexical de l'écologie est pillé, et les personnes qui l'incarnent sont traquées : activistes, manifestants, militants écologistes sont de plus en plus criminalisés par un État punitif et sécuritaire*[2]*. Il en va de même pour les pratiques agricoles les plus respectueuses de l'environnement et de la santé publique.*
J'ai l'impression de vivre un drôle de rêve. Je perds espoir dans nos institutions, c'est comme un monde de certitude et d'insouciance qui s'effondre. L'absurdité et l'injustice touchent de plein fouet mes collègues éleveurs de volailles, et c'est l'ensemble de la paysannerie qui flanche. Ce qui est menacé, c'est notre droit à exister.

Il y a quelques mois, j'ai mis mes clôtures aux normes de biosécurité pour protéger mon élevage des sangliers : de hauts grillages, électrifiés sur deux niveaux, dehors et dedans. Il m'en a coûté cinq ans d'endettement. Je connais plusieurs éleveurs qui ont préféré arrêter leur activité, incapables d'allonger la mise. Ces normes seront-elles bientôt caduques ? Quand nous demanderont-ils, à nous aussi, de claustrer nos cochons ? « Un crédit vous engage, vérifiez votre capacité à rembourser », m'a prévenu la banquière. Il va falloir produire. Produire, produire, produire.
Le secteur du bio est en chute libre depuis plusieurs mois : le chiffre d'affaires des épiceries est en berne, des boutiques ferment. Sur le marché, les paniers moyens sont plus petits, les ventes se font plus volatiles. Avec des produits frais, gare aux invendus. Il faudrait diversifier les lieux de commercialisation, faire de la prospection, envoyer des messages personnalisés aux clients... mais où trouver le temps ? Où trouver le temps quand on a des cochons à faire naître, à nourrir chaque jour, à envoyer l'abattoir, à découper, quand il faut produire, produire, produire ?
Avec la fatigue, je me dis que je n'ai pas les épaules pour le combat militant. Le rouleau compresseur est puissant, et je sais qu'il peut briser des individus. Je ne me sens pas assez solide pour mener une lutte, trop de fatigue, trop d'incertitudes. Aurais-je fait les mauvais choix agricoles ? Mon éthique serait-elle en train de bouffer mon bonheur ? Désolée, les copains, je sais que ça vous fait rire de m'imaginer en José Bové en minishort, mais j'ai pas la carrure. Il faut d'abord que je trouve un équilibre économique dans ce contexte mouvant. D'abord produire, produire, produire.

Des copains de Paris viennent à la maison. C'est janvier, ils ont le temps, ils sont en vacances. Ils pensent profiter de la beauté du Gers, de l'insouciance des moments d'amitié qui font s'arrêter les horloges. Moi, je pense à la paysannerie qui est en train de se faire tuer. Ça me rend amère. Ils ont un salaire et des congés payés, moi des cernes et des dettes, qu'il va falloir rembourser, à la seule force du bras, le bras droit, le bras qui lève les seaux, le bras qui découpe, le bras qui tend la viande au marché. Si c'est pour ne rien gagner, pourquoi travailler ? Pourquoi continuer à tout sacrifier, à s'élimer comme un vieux tissu ? Comment cesser cette folie, cesser d'en vouloir à ses propres amis d'avoir du temps libre, ce bien suprême ? Je n'ai pas la solution, je dois aller fabriquer des bocaux à la CUMA, je sais qu'ils seront réussis, les jarrets confits, c'est mon truc, je connais mon métier. J'espère juste qu'ils n'auront pas le goût de la fatigue. Je pars produire, produire, produire.
Mon tableau blanc est vierge ce matin-là. Je ne sais pas ce que je cherche à écrire, mais j'écris : « Je n'ai plus l'impression de nourrir, j'ai l'impression de produire. »
Je ne veux plus de ça. Plus envie de me battre, plus envie d'être enchaînée à produire.
Plutôt nourrir.

Paroxysme

Le 18 février, France 2 diffuse un reportage sur la ferme des Haies, un moyen format, en national, à treize heures quinze. Le combat de Sauve qui Poule décolle. Alain Coton réaffirme qu'il ne peut pas enfermer ses animaux, qu'il ne leur a pas administré un seul produit vétérinaire en vingt ans et qu'ils ont toujours été en parfaite santé grâce au plein air. La réponse de l'Administration ne se fait pas attendre, les Services vétérinaires préviennent qu'ils se rendront le surlendemain à la ferme des Haies. Le couple reçoit une avalanche de messages de soutien. Ils restent convaincus que leur ligne est la bonne mais, le matin du jour J, Christine Coton confie à Noémie qu'elle doute en regardant vers l'allée qui conduit à leur ferme et où la voiture des Services vétérinaires passera d'une minute à l'autre. Et s'ils les punissaient pour l'exemple ? Et s'ils mettaient en danger tout ce qu'ils ont mis vingt ans à construire ? La voiture arrive, se gare, les agents descendent. Les Coton sont là, sur le seuil, ils attendaient. Les inspecteurs ne prennent pas la peine de constater que les volailles sont libres dans le champ. Après un bonjour d'une froideur procédurale, ils tendent le papier qu'ils avaient préparé à Alain qui lit, en lettres majuscules, « MISE EN DEMEURE ». La ferme des Haies a quarante-huit heures pour se mettre en règle, sinon elle est passible d'une amende de sept cent cinquante euros par jour et par volaille, et d'une interdiction d'élevage pendant trois ans.

En 2022, plus de seize millions de volailles ont été abattues en France. C'est quatre fois plus que l'année précédente. L'épizootie, qui se concentre d'habitude sur le Sud-Ouest, s'est propagée aux Pays de la Loire et à la Bretagne. Le département le plus durement touché est la Vendée. Face à la saturation des moyens d'abattage, les autorités ont demandé aux éleveurs de faire le sale boulot eux-mêmes, comme ils pouvaient. Un éleveur raconte que le vétérinaire référent de l'Administration lui a conseillé de couper la ventilation des bâtiments pour asphyxier ses volailles. Le 22 mars, le président de la chambre d'agriculture de Vendée, qui s'entête à accuser la faune sauvage et reste obnubilé par le redémarrage de la filière, dénombrait déjà dix-huit mille tonnes de cadavres. Le même jour, il témoignait au ministre de l'Agriculture, Julien Denormandie, de sa volonté de « rattraper le retard » en précisant qu'il ne restait plus que quatre mille tonnes de cadavres « à traiter ». C'est aussi aux éleveurs, confrontés au manque de moyens d'équarrissage, qu'est revenue la charge des cadavres. On leur a dit de creuser de grandes fosses sur leurs exploitations pour y déverser les corps.

Au moment où j'écris, la guerre sévit en Ukraine, un important producteur de céréales. Réveillé par la panique des marchés et bien obligé de constater la vulnérabilité du système alimentaire, le chef de l'État n'a plus que deux mots à la bouche : souveraineté alimentaire. Il faut que la France produise sa nourriture et exporte, en débridant l'agriculture industrielle pour y aller plein gaz. La communication est léchée : « Nous ne nous en sortirons pas par la décroissance et le retour à une agriculture du XIXe siècle qui ne pourrait pas nourrir la population et permettre des actions de solidarité. » Adieu la stratégie européenne « De la ferme à la fourchette » qui était censée permettre d'atteindre les objectifs environnementaux du Pacte vert. Il faut mettre toutes les jachères en culture et ne pas lésiner sur la chimie, il faut faire cracher la terre de France, et la start-up nation a une nouvelle devise agricole : « Numérique, génétique, robotique ».

L'agriculture 4.0 sera notamment inculquée sur le gigantesque campus d'Hectar, l'école d'agrimanagers fondée par Xavier Niel, qui voulait rendre l'agriculture « sexy[1] » à grand renfort d'intelligence artificielle, de fermes verticales et de serres connectées. La grande fuite en avant technologique, de plus en plus absurde, maquille les problèmes en solutions et nécessite toujours plus d'énergie, de matériaux, génère toujours plus de pollution, de complexité et de vulnérabilité.

Pendant ce temps, le couple Coton exerce son droit de réponse à la mise en demeure et conteste en s'appuyant sur des vices de forme. Avec d'autres éleveurs dans le même cas, ils sollicitent un rendez-vous à la Direction des services vétérinaires, qu'ils obtiennent. Ce matin-là, une cinquantaine de personnes viennent les soutenir devant le bâtiment de la cité administrative. Les Services vétérinaires ont demandé à la police d'être présente, en cas de débordement. À l'intérieur, les éleveurs apportent la même démonstration, exposent les mêmes chiffres sur les contaminations, demandent la même opportunité de prouver que leur système est résilient, mais tout ce qu'ils obtiennent est un délai de huit jours pour se mettre en conformité. Le mardi suivant, la Confédération paysanne est enfin reçue par le préfet, Alain se joint à la délégation. Dehors, cent cinquante personnes se sont rassemblées sur le parvis de la cathédrale, et il y a bien plus que des éleveurs.

La suite, j'ai envie de l'inventer, de basculer dans la fiction, pour donner de l'espoir aux gens qui nous liront, pour galvaniser les troupes, raconter la prise de conscience populaire, l'afflux vers les champs, les victoires démocratiques, la détermination héroïque des paysans, le panache de leur combat, tellement beau qu'il serait forcément récompensé. Mais mes personnages ne sont pas des héros, ce sont des gens comme tout le monde, qui ne veulent pas se bagarrer, qui aimeraient simplement continuer à vivre et à faire vivre les autres. Ce livre me tourmente. C'est dur d'écrire sur les éleveurs, parce que les difficultés qu'ils traversent ne me laissent pas indemne. À un certain moment de la rédaction, quand Noémie me parlait du basculement dans un régime autoritaire, quand elle me disait qu'elle voulait tout arrêter, gagner le maquis, rompre avec le monde, je me suis demandé si elle perdait les pédales ou si elle était plus lucide que moi. J'y ai vu une réaction impulsive, la panique d'une gamine perdue, trahie, le symptôme d'une violence systémique qui s'abat sur les paysans. Le pire, je pense, est que dans le fond elle ne s'explique pas cette violence. Elle voit que les producteurs autour d'elle s'évertuent à servir l'intérêt général et qu'ils récoltent en retour la violence des institutions qui en sont garantes. Comme si l'arbitre devenait le complice assumé de ceux qui trichent et mettent les autres en danger. La dissonance est forte, insupportable. Dans le fond, je me raconte que tout ça va cesser, que c'est mal embarqué, mais qu'après quelques péripéties les gentils vont gagner, comme dans *Star Wars,* que c'est inéluctable, que la vérité l'emporte toujours face à l'obscurantisme et que l'humanité va finir par comprendre ce qu'il faut impérativement changer pour ne pas succomber à son aveuglement. Mais je n'en sais rien, je ne sais pas si les paysans disparaîtront, comme un tiers des oiseaux. Je ne sais pas si ça va bien se finir.

Quatrième partie

Entrer en résistance

Désobéissance

Le dernier espoir des éleveurs s'envole avec le jugement final du Conseil d'État : rejet définitif des quatre requêtes demandant le retour du plein air. La Confédération paysanne et Sauve qui Poule appellent à un grand rassemblement place de la cathédrale, à Auch. Il fait froid et humide pour un mois d'avril. La mobilisation baisse. Les grands absents du soir, ce sont les paysans. Ils sont fatigués, usés, sonnés par cette énième défaite, amère comme l'injustice.

Le noyau dur de Sauve qui Poule se réunit le lendemain pour décider de la suite. Des consommateurs sont présents, comme Irène, qui a été une des premières à venir. Face aux éleveurs désemparés, elle évoque la différence d'enjeu pour les clients : « On ne pourra plus acheter d'œufs plein air. Ça nous embête, mais on fera autrement. Pour nous, ce n'est ni vital ni urgent. Mais vous, c'est votre vie que vous jouez. Il nous faut des missions pour vous aider concrètement. » À ce moment-là, c'est évident, les clients peuvent reprendre le flambeau de l'association : trésorerie, communication, boîte mail, gestion des adhésions. Un bénévole propose de rédiger un nouveau document d'information à destination des consommateurs, et que les éleveurs soient accompagnés d'un binôme sur les marchés, pour parler de ce qui se passe aux gens. Adhésion générale. Quelqu'un d'autre s'engage à contacter les quelque dix associations Sauve qui Poule créées à travers la France pour fédérer le mouvement et s'entraider. Le passage de relais est salvateur, le feu se propage. Pour autant, Noémie sait que le rapport des forces est encore largement défavorable aux militants.

10 avril 2022

Face à la complexité du problème, je me sens minuscule. J'aimerais proposer une méthode fiable, avec des chiffres, des arguments inébranlables, serrer le poing et savoir quoi faire, mais j'ai plus de questions que de solutions. Je crois, comme l'écrit l'Atelier Paysan[1], qu'il faut abandonner l'idée que nos choix personnels peuvent faire advenir le changement que nous attendons tant que l'organisation sociale reste identique. Nous devons agir collectivement.
Avec Alain, Christine et Amélie, nous suivons de près les avancées réglementaires qui nous ont rendus hors-la-loi. Doit-on s'épuiser à combattre le rouleau compresseur normatif qui avance sur nous ou est-ce que « combattre l'agro-industrie sur le terrain des normes, c'est l'affronter là où elle a déjà gagné »[2] ? Là où nous sommes à l'aise, c'est sur le terrain, aux côtés des clients. Il y a ce manifeste que

nous avons décidé d'écrire et de distribuer sur les marchés. Ce sont de tout petits pas, mais ils nous permettent d'avancer. Demain, nous en ferons d'autres. Une monnaie locale se lance sur Auch, peut-être pourra-t-elle être le support de nos échanges. Son nom porte la promesse d'un monde plus léger et plus doux : la plume.

Mais notre manifeste n'est pas écrit. Nous avons encore besoin de nous mettre d'accord sur la question centrale : sommes-nous tous prêts à nous engager dans la désobéissance civile ? Pour moi, c'est un devoir civique si nos pratiques d'élevage sont rendues illégales alors même qu'elles sont légitimes[3]. Si nous franchissons le pas de la désobéissance civile, ce doit être ensemble pour faire bloc. Je pense à Corinne Royer quand elle écrit que nous sommes des grains de sable : « Nous sommes encore assez nombreux pour enrayer le mécanisme. Levons-nous. Restons debout.[4] »

Nous avons besoin des consommateurs pour propager l'information. Nous avons besoin des syndicats agricoles pour peser dans le rapport de force institutionnel et réglementaire auprès des ministères et des interprofessions agricoles. Nous avons besoin de paysans qui travaillent dans l'ombre, sans se laisser déstabiliser. Nous avons besoin de paysans dans la lumière, qui acceptent de partager leur histoire. Nous avons besoin de journalistes pour relayer nos combats et enquêter sur les mécanismes de domination économique. Nous avons besoin de nous « éduquer ensemble à l'histoire, aux cultures d'hier et d'aujourd'hui, de nous forger un savoir utile à l'action collective[5] ».

Le marché est notre agora, le lieu privilégié pour informer les consommateurs, en direct. C'est l'espace public qui brasse les âges et les milieux socioculturels, qui nous

éloigne de l'impasse stérile du « ghetto bio-alternatif », de la pensée unique et de l'entre-soi. Certains de nos clients sont déjà convaincus du bien-fondé de nos modèles, mais il y a tous les autres, ceux qui viennent chez nous parce que les produits ont bon goût mais qui ne savent pas ce que nous traversons. À nous de les informer, inlassablement, en espérant allumer l'étincelle d'humanité qui rendra nos combats vivants et les sortira des pages de faits divers qu'on tourne sans y prêter attention.
Même sur des sujets où les grands moyens médiatiques sont déployés, nous savons à quel point il est difficile de capter l'attention des consommateurs. Je me souviens qu'à l'été 2020 j'avais été auditionnée par des députés au sujet du sel nitrité, un additif alimentaire réputé cancérigène et utilisé en charcuterie à des fins de conservation et de coloration de la viande. J'avais expliqué pourquoi et comment la fabrication sans additifs était une évidence pour les éleveurs de la CUMA. Dès 2016, une émission de Cash Investigation sur le sujet avait fait grand bruit. Depuis, la couverture médiatique est constante : livres[6], articles, campagnes sur les réseaux sociaux. Malgré tous ces efforts, trop peu de personnes sont informées de l'impact du sel nitrité sur la santé. Même dans les milieux que je fréquente. La force de communication de l'industrie est énorme. Elle sait rassurer ses clients et faire basculer la peur du côté des productions fermières. Un jour, un commercial est venu me trouver sur ma ferme pour me proposer ses produits à base de sel nitrité. Quand j'ai poliment refusé, il a répondu, ulcéré : « Mais vous vous rendez compte de votre irresponsabilité ? Vous allez tuer vos clients. » J'ai éclaté de

rire. Il est temps que la culpabilité et la criminalisation changent de camp.
Chaque nouvelle évolution réglementaire nous met un coup au moral, nous épuise. Les injustices permanentes sabotent nos espoirs. Elles ne sont que des symptômes du mal qui ronge la paysannerie. Je ne crois pas que nous pourrons fonder la mobilisation de long terme uniquement sur un modèle d'action-réaction. Pour informer et soulever les consciences, nous devons parvenir à révéler le mouvement de fond de l'élaboration des normes, les racines de ces évolutions, l'insidieuse dynamique de substitution de l'industrie à la paysannerie. Dans le fond, je me demande si la colère et les larmes sont de bons carburants pour mobiliser les gens. Ce qui nous fait tenir, et tant pis si cela sonne naïf, c'est la joie. Cette intarissable source d'énergie est notre meilleure arme pour continuer la lutte en inventant autre chose.

Autonomie

Pour tenir bon, Noémie a besoin de se réorganiser, encore, pour s'approcher de cet équilibre qu'elle cherche à tâtons depuis son installation. Pour l'heure, elle se sent encore trop vulnérable. L'urgence est de réduire ses dépendances pour gagner en « résilience », ce mot détourné par les communicants politiques qui prend tout son sens quand elle fait le point.

12 avril 2022

En quelques semaines, j'ai réduit le cheptel de plus de moitié. Mercredi dernier, une trentaine d'animaux sont partis chez un jeune éleveur qui s'installe en Ariège, sur le même modèle que moi. Une fois sortis de la bétaillère, le groin en alerte, les cochons ont découvert la neige et les grandes étendues arborées des vallées pyrénéennes. Je n'ai pas vécu leur départ comme un déchirement, mais comme une passation de flambeau, heureuse qu'ils permettent à une autre aventure agricole de commencer.

La diminution de l'effectif s'est imposée comme une évidence avec la flambée des coûts de production. La tonne de grain est passée de cinq cents à six cent cinquante euros en quelques semaines, l'essence et le verre des bocaux ont flambé. Mes marges ont fondu. Clément avait raison d'interroger ma dépendance aux céréales en octobre. Maintenant, je n'ai plus le choix, les cochons doivent devenir les recycleurs dont j'ai toujours rêvé. D'un coup de baguette gastrique, ils transformeront les poubelles des Bourdets en protéines et en gras. Le petit-lait, les drêches et les déchets de maraîchage devraient couvrir la moitié des besoins, et le pâturage devrait approcher un cinquième de la ration. Il ne me restera plus qu'un tiers de l'aliment à apporter sous forme de céréales, et Alain m'a proposé celles de la ferme des Haies : locales, bio, agroforestières, à prix stable, chaque semaine. On a topé, ravis.

Moins de bêtes, c'est seulement deux cochons par mois à la découpe. Ça veut dire moins de pétrole pour aller à l'abattoir et faire grimper la fourgonnette lourdement chargée sur les coteaux gersois, moins d'allers-retours à la CUMA, moins de mises sous vide et donc moins de plastique. Noémie rêve d'un atelier à la ferme pour travailler sur place, présenter la viande en vrac dans des bacs en Inox et la servir directement aux clients, comme à la boucherie. Plus que jamais elle voudrait donner la mort elle-même pour ne plus dépendre de l'abattoir.

Depuis que celui de Boulogne a été racheté, des rumeurs courent sur une potentielle fermeture. Si Boulogne ferme, l'abattoir le plus proche sera à plus de trois heures aller-retour. Reste l'abattage mobile, autorisé à titre expérimental depuis 2019 seulement. Les initiatives, pour le moment rares, sont l'œuvre de quelques pionniers qui se heurtent non seulement à des défis techniques, mais aussi aux pressions de l'industrie[1] et à la rigidité des normes[2] en place.

Les normes. C'est peut-être la plus dangereuse de ses dépendances. Un contrôle aveugle, un excès de zèle, et tout peut s'arrêter, comme dans *Pleine terre,* ce roman bouleversant[3], inspiré de l'histoire de Jérôme Laronze, qui raconte la cavale d'un éleveur de vaches subissant des contrôles administratifs abusifs, fuyant pour tenter de canaliser sa rage, pour tenter d'échapper à la folie, pour tenter d'éviter de commettre le pire.

Cette histoire s'est répétée dans le Gers, cet hiver. Deux éleveurs de volailles, dont un membre de la CUMA, ont vrillé après l'abattage de leur cheptel. Le premier s'est retrouvé deux semaines en hôpital psychiatrique, et le second en garde à vue pour être sorti de ses gonds et avoir défoncé le pare-brise de l'agent des Services vétérinaires[4].

14 avril 2022

Un autre point essentiel est de diversifier les productions, les activités, et donc les sources de revenus pour ne pas mettre tous nos œufs dans le même panier. Ce n'est pas ce qu'on nous apprend dans les études agricoles, où l'hyperspécialisation est présentée comme le seul moyen de réussir. J'ai envie de retravailler le végétal, de faire pousser. Depuis quelque temps, je pense aussi à une activité intellectuelle à côté, sans savoir laquelle. J'aimerais qu'elle me permette de livrer bataille ailleurs que dans le champ, qu'elle serve à faire entendre la voix des paysans qui portent des alternatives locales. Pour ceux qui ne croulent pas complètement sous les dettes, je me demande s'il leur est encore possible de réduire la voilure pour réduire le risque, de se reconcentrer sur leur autonomie et de vendre uniquement leurs surplus[5] *de production.*

La réduction de cheptel sur ma ferme me permet d'envisager de m'associer plus sereinement : avec mon ancien rythme, je n'avais qu'un fardeau à partager. Maintenant, il y a de la place pour de nouvelles envies. Avec des animaux, l'association est le seul moyen de pouvoir décrocher, en se faisant remplacer. C'est indispensable pour continuer à aimer notre métier de paysan sans se sentir aliéné. Il y a des associations qui m'inspirent, comme David et Marianne, nos deux maraîchers des Bourdets. Ils sont carrés, efficaces, assez organisés et complémentaires pour avoir des week-ends et du temps libre, une famille, une vie à côté, une vie tout court.

Il faut nous associer aussi parce que l'autonomie qui fonde la résilience ne peut être atteinte que collectivement. C'est le groupe qui est autonome, pas l'individu seul. Je me questionne encore sur mon choix de tout faire moi-même, de la naissance des porcelets à la vente des produits. Pendant un marché à Mauvezin, Martin, le boulanger, m'a dit qu'il s'en sortait mieux depuis qu'il avait arrêté de cultiver ses propres céréales pour se concentrer sur la fabrication du pain, parce qu'il n'avait plus besoin d'avoir constamment l'œil sur ses silos, sur ses tracteurs, sur le rendement de ses terres ou sur ses dettes agricoles. L'association des agriculteurs et des artisans répartit les risques sur plus d'épaules. Il me paraît urgent d'abandonner le mythe du paysan qui peut tout faire lui-même.

Il y a un autre mythe qui a failli aggraver mes dépendances : celui du foncier. Au début, je voulais acheter la terre, je pensais que c'était la garantie de l'indépendance. Mais la terre est devenue chère. Dans le Gers, son prix a doublé en quinze ans, contrairement au prix de vente des produits agricoles. L'équation est insoluble pour ceux qui s'installent. Sur ma parcelle, un hectare coûte sept mille cinq cents euros. C'est une moyenne basse pour la France, et pourtant ce prix est trop élevé pour des pâtures à cochons. En 2021, devant mon tableur, face à mes chiffres, j'ai séché : impossible de rembourser, à moins de me ruiner la santé pendant quinze ans. Alors, j'ai finalement décidé de rejoindre le reste du collectif, engagé avec Terre de Liens, une association qui achète des terres agricoles pour les louer à des agriculteurs qui respectent des principes éthiques et écologiques. Avant, je prenais les autres pour des inconscients qui allaient mettre leurs terres entre des mains inconnues, et puis j'ai décidé de faire confiance : Terres de Liens, c'est eux, c'est nous. Leur travail depuis vingt ans a été celui d'une courageuse fourmi qui porte son petit bout de feuille au milieu de la tempête de l'artificialisation des sols, ce phénomène irréversible qui engloutit vingt-six mètres carrés de terre arable sous le béton chaque seconde[6].

Depuis sa création, en 2003, Terre de Liens a acheté entre deux cent cinquante et trois cents fermes. Chaque semaine sur la même période, un nombre équivalent de fermes a disparu. L'association maintient une ferme pendant que mille s'éteignent. C'est dérisoire. Pourtant, dossier après dossier, l'idée du financement citoyen des terres agricoles fait son chemin, et de jeunes agriculteurs hors cadre familial[7] s'installent sans contracter les dettes qui les rendraient dépendants de volumes de production démesurés. Noémie me dit que posséder collectivement le foncier grâce à l'épargne solidaire, c'est comme signer un contrat social entre citoyens et agriculteurs pour préserver la terre et la mettre hors d'atteinte des logiques spéculatives ou capitalistes qui fragilisent les installations de paysans. C'est un outil décisif pour contrer le sourd accaparement des terres pour les projets mortifères des multinationales[8].

Dernier appel

25 septembre 2021, ferme des Malestrucs

En gascon, malestrucs signifie « maladroits ». En plus de l'autodérision, ces trois amis partagent la passion des plantes et des arbres, du sol vivant, de l'agriculture syntropique[1] *et de la fête, aussi. Alors, tout l'été ils ont organisé de grands repas paysans. Ce soir, ils finissent en délire par un somptueux banquet gaulois.*
Costume obligatoire. Les champs et les serres se peuplent de fourrures, de casques et de tresses. Les petits menhirs qui courent sur la pelouse ne sont autres que des enfants déguisés en espions romains. Sous la ramure d'un chêne pluricentenaire, un bénévole à la longue barbe blanche plonge une gigantesque louche dans un immense chaudron en cuivre pour servir des verres d'Antibiotix. Sur une broche, pas moins de cinq sangliers rôtissent. Les chasseurs du village ont été généreux. Ils sont là, sourire vissé au visage, pour assurer la cuisson et festoyer avec les « fadas[2] *». Les barrières d'âge et les barrières sociales tombent derrière les déguisements.*
Pour donner le coup d'envoi du banquet, un homme monte sur un pavois en bois porté par les organisateurs. Torse

nu, fourrure autour du cou, il salue l'assemblée et lève sa cervoise en l'honneur de la fête. C'est le maire du village – du vrai village –, qui a accepté l'invitation de ces trois jeunes qui participent à faire vivre sa petite commune de cent quatre-vingts habitants. Nous mangeons serrés sur les longues tables en bois dressées sous les lampions : tout vient d'ici ou des fermes alentour.
Alors que les Gaulois commencent à remuer le bassin au rythme d'un multi-instrumentiste local à tendance électro-dub, un invité plutôt âgé s'invite sur scène et décoche un slam ahurissant. C'est le rappeur qu'on n'attendait pas. La scène s'emballe, d'autres lui succèdent, le barde improvise, loope leurs mots. Ils sont dans un état second, grisés par les réactions d'un public bon public, transporté par cette création chamarrée autant que par la bière locale. Les colocs sont en piste aussi, eux qui depuis des mois transforment chaque étape en tendresse et en feu follet. On s'est mis à parler d'habitat partagé et de mille autres envies communes avec un enthousiasme enfantin. C'est une de ces soirées où on veille tard, Gaulois décoiffés, pour refaire le monde dans une arrière-cuisine en chaos, et où on finit par s'allonger dans l'herbe pour admirer l'immensité du cosmos.

4 avril 2022, ferme des Bourdets

Le collectif prend une journée pour réfléchir au futur des Bourdets. Tour de table des rêves pour le lieu : en priorité, une boutique à la ferme pour développer les liens avec les gens du village, et vendre au prix le plus juste. Ce sera dans un ancien bout de porcherie redécoré, pour commencer. Et puis, un bar aussi, pour la fête, et pourquoi pas une petite cantine fermière en saison estivale pour cuisiner nos produits. Un chantier agronomique nous fait tous vibrer d'une même corde : replanter des lignes d'arbres chaque année sur les champs de céréales. Ce sera notre horizon commun pour améliorer le sol, lutter contre l'érosion et la désertification à notre petite échelle.

Pour la vente à la ferme, j'aimerais reproposer des œufs. Mon poulailler, vide depuis un an et demi, se languit du ballet des poules noires à l'heure de la ponte. J'appelle Alain pour lui commander une cinquantaine de réformées en juin. J'ai hâte de les voir picorer au milieu des fruitiers plantés il y a deux ans et désormais en fleur. Nul besoin d'écrire que mes poules vivront en plein air, belles et moirées dans le vert tendre des herbes hautes.

Moi aussi, d'ailleurs, je continuerai à vivre en plein air. Nous les paysans, nous avons cette chance rare et précieuse d'exercer chaque jour notre œil à la beauté du dehors, de tâter le pouls de la nature en mutation, de toucher du doigt l'harmonie du paysage et de nous enivrer de ciel et d'étoiles.

Pour Noémie, paysan n'est pas un métier, c'est un mode de vie, de la même façon qu'une ferme n'est pas seulement un lieu de travail, mais un lieu de vie. Elle dit qu'il y a des loisirs paysans, une façon paysanne de socialiser, de s'aimer, un temps et des imaginaires paysans. Ce n'est pas que Noémie soit devenue vieille France, réactionnaire, ou qu'elle idéalise le passé. Elle a simplement tendu l'oreille à une culture plus ancrée dans la terre et dans les saisons.

L'essence de la paysannerie, pour Noémie, c'est son autonomie. Les paysans sont libres parce qu'ils ne dépendent pas d'un salaire, parce qu'ils peuvent satisfaire leurs besoins seuls, ou en choisissant leurs dépendances. En l'écoutant, je nuance dans ma tête : tous les paysans ne se sont pas non plus complètement affranchis de la machine, des transports, du carburant, des emprunts bancaires ou des services publics, et Noémie n'est pas encore sevrée des chips au poivre de chez Biocoop. Je me demande aussi combien de personnes considéreraient que ce qu'elle vit est l'incarnation de la liberté. Pour ceux qui ont été bercés dans le confort urbain ou qui rêvent des libertés citadines de mobilité, de consommation et de loisirs industriels, c'est certainement dur à concevoir. Mais Noémie en est persuadée et elle commence à me convaincre : l'indépendance matérielle est le fondement de l'indépendance intellectuelle.

Amis citadins, dans les moments les plus sombres, je vous en ai voulu d'avoir un salaire, des congés payés, de retrouver des habitudes consuméristes sitôt votre ville regagnée. Mon amertume était le contrecoup de la fatigue. Vous êtes plus que jamais les bienvenus à la ferme, chaque été, chaque automne, chaque hiver, et surtout chaque printemps, quand renaît la vie. Vous êtes les bienvenus pour faire bourgeonner vos projets par ici, pour cultiver la terre, la joie ou les arts à nos côtés. Soyons toujours plus nombreux à défendre la terre contre la cupidité qui la souille, à retisser cet indispensable lien entre les paysans et ceux qu'ils nourrissent. Nous avons plus qu'un boulevard, nous avons des hectares de champs libres et du travail pour au moins un million de paysans[3]*, à mi-temps si vous préférez, par-delà les clôtures de la légalité s'il le faut. Venez, et nous pourrons célébrer ce que nous aurons cultivé. Nous pourrons savourer, rire et danser, flamboyants sous le soleil, et nous coucher rompus de cette saine fatigue que connaissent les corps qui ont œuvré et les âmes qui ont vibré.*

Ceci est un appel à nous libérer des dépendances qui nous enchaînent à la production aveugle.

Un appel à la sensibilité, aux douces aurores et aux banquets de joie.

Pour nourrir notre terre, nourrir nos corps, nourrir nos âmes.

Notes

Première partie
Paysanne

Cochons

1. Aide à l'installation de nouveaux agriculteurs. Le forfait de base est de 17 000 euros, et peut être majoré en fonction de certains critères, par exemple agriculture biologique, agriculteur hors cadre familial, participation à une CUMA, etc. Le versement de cette aide est conditionné à l'atteinte de résultats planifiés.

Corps

1. Baromètre IFOP de conjoncture agricole, décembre 2021.

Deuxième partie
Un pour cent à peine

Protéines

1. Delphine Saltel, *les Paradoxes de la viande,* « Les Pieds sur Terre », 2022, France Culture.

Caillebotis

1. Source IFIP.

Grain

1. IDELE, « Alimentation des bovins : rations moyennes et autonomie alimentaire ». Pour augmenter la productivité des bovins lait et des bovins viande, leur alimentation a été transformée et ils sont maintenant aussi nourris de maïs ensilage, de tourteaux de soja, de céréales et de compléments. Cette tendance s'observe d'autant plus dans les élevages intensifs où les bovins ont un accès limité ou inexistant aux prairies.

2. Émilie Massemin, « L'élevage, atout ou malédiction pour le climat ? » *Reporterre,* (https://reporterre.net/L-elevage-atout-ou-malediction). Selon le système d'élevage des bovins, leurs émissions de méthane, très décriées, seraient compensées à hauteur de 10 à 70 % par la captation de carbone des prairies.

3. Stéphane Audrand, « Viandes d'hier et de demain : réflexion autour de la consommation médiévale de produits animaux », 2021 (https://www.plansb.info).

4. Base carbone, ADEME.

Accrochage

1. Inès Leraud et Pierre Van Hove, *Algues vertes, l'histoire interdite,* 2019, éditions Delcourt.

Utopie

1. Institut du développement durable et des relations internationales (IDDRI), université catholique de Louvain (Belgique), association Terres de Lien, Fédération nationale de l'agriculture biologique.

2. https://www.parcel-app.org

3. AGRESTE – Bilans d'approvisionnements, statistique agricole annuelle, recensement agricole – ministère de l'Agriculture et de l'Alimentation (moyenne des données 2014-2016).

• INSEE (Institut national de la statistique et des études économiques) – Profils des habitants des communes françaises, populations légales (données 2016).

• ANSES – Étude individuelle nationale des consommations alimentaires (INCA 3), 2017.

• ITAB – N. Sautereau et M. Benoît, « Quantifier et chiffrer économiquement les externalités de l'agriculture biologique ? », 2016.

• ADEME – Base de données FOODGES (données 2016).

• Verena Seufert et Navin Ramankutty, « Many shades of gray – The context-dependent performance of organic agriculture », 2017.

4. Les Greniers d'Abondance, *Vers la résilience alimentaire,* Yves Michel, 2020.

5. « L'Agriculture sans pesticides a-t-elle besoin des animaux ? », *En mutation* (revue), 2021, éditions de l'Échiquier et *L'Obs*.

Troisième partie
Ne pas se laisser abattre

Fenêtre

1. L'oxytocine est un produit de synthèse qui a la même composition et les mêmes propriétés que l'ocytocine, une hormone naturellement présente dans le corps, liée aux fonctions reproductives et qui permet notamment de déclencher des contractions. Ce produit a un effet ponctuel, il est très vite consommé et éliminé par le corps sans laisser de traces, contrairement à des traitements hormonaux plus pérennes.

Bien-être

1. Dérogation autorisée en circuit court dans le cadre de l'interdiction de la castration à vif des porcelets effective depuis le 1er janvier 2022.

2. Courrier conjoint de Welfarm, de France Nature Environnement et de CIWF France destiné à INAPORC le 18 janvier 2021, pour

soutenir l'immunocastration et son application en agriculture biologique.

3. Règlement (UE) 2018/848.

4. Mention pour les écrits d'investigation de Stéphane Horel, Stéphane Foucart et Sylvain Laurens sur les techniques de lobbying, notamment en lien avec la santé publique, pour l'enquête de Guillaume Coudray sur l'histoire du lobbying des sels nitrités et pour les travaux des associations Sherpa ou Anticor.

5. Pierre Hinard, *Omerta sur la viande,* 2014, éditions Grasset.

6. À la fin du courrier évoqué, les associations Welfarm et France Nature Environnement rappellent leur objectif, « le développement de l'élevage en plein air et extensif, en cohérence avec le principe général de produire moins et mieux, afin de concilier l'adaptation aux limites planétaires avec les impératifs éthiques ».

Mirage

1. Gilles Luneau, *Steak barbare,* 2020, éditions de l'Aube.

2. https://agriculturecellulaire.fr/

3. Éric Muraille, « La viande “cultivée” en laboratoire pose plus de problèmes qu'elle n'en résout », The Conversation (https://theconversation.com/la-viande-cultivee-en-laboratoire-pose-plus-de-problemes-quelle-nen-resout-126662).

4. Jacques Ellul, *le Système technicien,* 1977, Calmann-Lévy.

5. Gilles Luneau, *op. cit.*

6. Voir le documentaire *la Guerre des graines,* de Clément Montfort.

7. Lucile Leclair, *Hold-up sur la terre,* 2022, Le Seuil.

Épizootie

1. https://www.plateforme-esa.fr/article/influenza-aviaire-hautement-pathogene-en-france-en-lien-avec-le-virus-h5n8-premiers-elements

Sauve qui Poule

1. Le MODEF, Mouvement de défense des exploitants familiaux, est un syndicat agricole dissident de la FNSEA créé en 1959.

2. Direction départementale de l'emploi, du travail, des solidarités et de la protection des populations.

Dissonance

1. Jocelyne Porcher, *Cause animale, cause du capital,* 2019, éditions Le Bord de l'Eau.

2. Jérôme Hourdeaux, « L'aboutissement du "droit pénal de l'ennemi" », *Médiapart,* 2019.

Paroxysme

1. Liz Alderman, https://www.nytimes.com/fr/2021/10/08/business/hectar-niel-agriculture-technologie.html

Quatrième partie
Entrer en résistance

Désobéissance

1. L'Atelier paysan, *Reprendre la terre aux machines,* 2021, Le Seuil.

2. L'Atelier paysan, *op. cit.*

3. *La Désobéissance civile,* essai de Henry David Thoreau, 1849.

4. Corinne Royer, *Pleine terre,* 2021, Actes Sud.

5. L'Atelier paysan, *op. cit.*

6. Notamment *Cochonneries,* de Guillaume Coudray, 2017, La Découverte.

Autonomie

1. Pour un hommage aux éleveurs engagés dans un recueil magnifiquement illustré, *On achève bien les éleveurs,* L'Échappée.

2. Émilie Jeannin (https://www.politis.fr/articles/2021/12/un-abattoir-mobile-pour-une-fin-de-vie-a-la-ferme-43879/) et Stéphane Dinard (https://reporterre.net/L-abattage-a-la-ferme-le-combat-d-un-eleveur-pas-comme-les-autres) sont des pionniers de l'abattage mobile à la ferme. Ils se heurtent aux verrous réglementaires et aux pressions des industriels, qui maintiennent cette pratique dans la marginalité alors qu'elle est vertueuse et favorable au bien-être animal.

3. Corinne Royer, *Pleine terre,* 2021, Actes Sud.

4. France Bleu, « Grippe aviaire, le désespoir des petits agriculteurs du Gers » : https://www.francebleu.fr/infos/agriculture-peche/grippe-aviaire-le-desespoir-des-petits-agriculteurs-du-gers-1649178367?fbclid=IwAR3iCbWzYGDb5bfcwAXfXf1ELJZW1md7SC1fl-By9ecv87mK6shF3WwUJ2bM

5. Yannick Ogor, dans son essai *le Paysan impossible,* argue de l'impossibilité d'être paysan aujourd'hui dans un système de gestion par les normes.

6. L'Atelier paysan, *Reprendre la terre aux machines,* 2021, Le Seuil.

7. C'est-à-dire des personnes dont la famille ne possède pas de terres agricoles ou de ferme dont ils reprendraient la gestion.

8. Lucile Leclair, *Hold-up sur la terre,* 2022, Le Seuil.

Dernier appel

1. Agriculture syntropique : complexification d'un écosystème par la stratification des espèces dans l'espace et la gestion dans le temps de leur succession.

2. Expression utilisée dans le Gers, qui pourrait être traduite par « fous ».

3. Appel de la Confédération paysanne et de l'Atelier paysan.

Table des matières

Troisième partie

Ne pas se laisser abattre

Quatrième partie

Entrer en résistance

Remerciements

Merci à Suyapa pour sa confiance et son accompagnement précieux.

Merci à l'ensemble du collectif de la ferme des Bourdets, qui a accepté d'être raconté dans ce livre. J'espère qu'ils s'y retrouveront.

Merci aux cochons, qui sans le vouloir m'ont inspiré ce livre et offert une fenêtre sur le monde.

Merci aux colocs de la route de Pessan pour leur accueil, la joie des moments vécus, les discussions profondes, les spectacles et les sessions de brainstorming autour de la couverture et du titre.

Merci à Valentine, Élise, Léa, Clara, Silvère, Raphaël et Gabriel pour leurs relectures intelligentes, sincères et salutaires.

Merci à Noémie pour sa confiance, le partage de son quotidien et de ses états d'âme. Merci à elle d'avoir accepté que je pose mes mots sur son vécu, merci de les avoir enrichis des siens.

Clément

Merci à mes chers colocs qui illuminent chaque journée de joie et de folie, et font de notre quotidien une si douce aventure.

Merci aux membres du collectif fermier des « Bourdets » et à « Catherine » pour leur accueil, pour le chemin déjà parcouru ensemble ainsi que pour les nombreux projets que nous construirons demain.

Merci aux amis qui créent ces précieux ponts entre ville et campagne en venant passer leur temps libre à la ferme : « Lucas », Tiphaine, Adrien, Élise, Mike, Anne, Hugo, Mélanie et tous les autres. En espérant que le Gers reste votre terre d'accueil et de cœur encore longtemps.

Merci à Clément pour son écoute, sa sensibilité et sa patience pendant cette année d'immersion paysanne.

Merci à mes parents pour leur soutien indéfectible, et pour leur aide matérielle et morale tout au long de cette épopée de l'installation agricole.

Merci aux animaux et à la nature pour leur générosité, pour l'émerveillement et les leçons qu'ils nous offrent. Puissions-nous encore longtemps nourrir notre âme à leur contact.

Noémie

Dans la même collection :
De la neige pour Suzanne, Clément Osé, 2021
ReSisters, Jeanne Burgart Goutal et Aurore Chapon, 2021
Le Crépuscule des abeilles, Célestin Robaglia, 2022

Tana S'ENGAGE

TANA est un éditeur qui s'engage pour la préservation de l'environnement et qui utilise du papier issu de forêts bien gérées certifiées FSC® et d'autres sources contrôlées.

Ce livre a été imprimé en France par un imprimeur certifié Imprim'Vert® avec des encres végétales. La couverture ne comprend pas de pelliculage contenant du plastique.

Ilustration de couverture : Charles Monnier
Conception de couverture : Revue Zola

92, avenue de France
75013 Paris

ISBN : 979-10-301-0424-0
Dépôt légal : septembre 2022
Imprimé en France en août 2022 par Normandie Roto Impression s.a.s. (2203526)

Rejoignez-nous sur :
www.tana.fr

MIXTE
Papier issu de sources responsables
FSC® C003309
FSC
www.fsc.org